大鱼

有爱的青春陪伴者

芒德斯塔

Mandelstam

洛以·著

台海出版社

图书在版编目（CIP）数据

芒德斯塔 / 洽以著. -- 北京 ：台海出版社，2024.
10. -- ISBN 978-7-5168-3912-6

Ⅰ. I247.5

中国国家版本馆 CIP 数据核字第 2024RP7686 号

芒德斯塔

著　　者：洽　以

责任编辑：俞滟荣

出版发行：台海出版社
地　　址：北京市东城区景山东街 20 号　　邮政编码：100009
电　　话：010-64041652（发行，邮购）
传　　真：010-84045799（总编室）
网　　址：www.taimeng.org.cn/thcbs/default.htm
E - mail：thcbs@126.com

经　　销：新华书店
印　　刷：天津睿和印艺科技有限公司
本书如有破损、缺页、装订错误，请与本社联系调换

开　　本：880 毫米 ×1230 毫米　　　　1/32
字　　数：183 千字　　　　　　　　　印　　张：9
版　　次：2024 年 10 月第 1 版　　　　印　　次：2024 年 10 月第 1 次印刷
书　　号：ISBN 978-7-5168-3912-6

定　　价：39.80 元

第一章 / 001
日记不知道

第二章 / 020
自我的草稿

第三章 / 038
葡萄会记得

第四章 / 066
心底的天鹅

第五章 / 094
量子能纠缠

目 录

I C O N T E N T S

第六章 / 118
靠近的遥远

第七章 / 151
存在即意义

第八章 / 178
严冬的秘密

第九章 / 203
大树一直在

第十章 / 230
许芒的斯塔

番 外 / 259
如果有假如

目
录

C O N T E N T S

Mangde
Sita

第一章

日记不知道

六月，闷热忐忑。

人们的记忆胶片里好像总是会印下某个六月，许芒还记得自己第一次高考时的那个六月。

那天刚好是端午节，学校食堂在早上准备了粽子，因为吃粽子有高"中"的寓意，所以很多学生都去拿了粽子吃。拆线、剥粽叶、聊天，高考紧张的氛围和端午的节日气息杂糅在一起，让食堂变得更加热闹。

在喧闹声边缘，食堂的角落里也散落着一些孤零的身影，如同海岸边伶仃的礁石，沉默而不起眼，他们的早晨看起来跟寻常没有什么不同。

许芒一个人坐在偏远的位置吃着再普通不过的早餐，没有吃粽子，因为担心糯米不好消化会影响考试。她是易紧张体质，哪怕并没有吃什么特别的东西，考试时也容易肚子疼。尽管知道这大概率是心理作用，但她考试前还是会注意饮食，尽量少吃特定的东西。

考试对她来说是重要的，无数场考试和无数个分数组成了她的学生时代，没有什么波澜起伏的青春剧情，只有不断变动的数字和情绪。

或许高考就是这条道路的尽头，所以她一直以来既期盼又害怕着高考的到来，期待能结束这一切，也害怕会搞砸这一切。大脑一空闲下来就容易胡思乱想，许芒拉回自己走远的思绪，咽下嘴里的包子，集中注意力开始默背屈原的《离骚》，在脑子里认真背诵每一个字和标点。

宁江中学是市重点学校，分为高中部和初中部。他们在本校考试，高中部安排了考场，因此大家现在都被安排在初中部的教室自习。临考语文之前，许芒最后翻看的是作文素材本，她迅速浏览了一遍经典人物和事迹，目光在屈原那页多停留了一会儿。

教学楼外，老师们整齐地排在道路两旁为每位进考场的学生加油打气，红色 T 恤上大大的对钩图案寓意着同学们"考的都会，蒙的都对"。

如果不是因为考试太紧张了，这应该会是快乐有趣的一天。老师和同学们又是握手又是拥抱，祝福和加油的话一声又一声。

时钟上的秒针缓慢走动，整个校园渐渐趋于安静，远处街道的音量也变低了，所有热闹都冷却下来。

考试铃声响起，学生们握笔伏案作答，高考正式开始。高考第一场考试的场景总是反复出现在许芒的梦里，是梦开始的时刻，也是梦醒来的时刻。

考完语文后人潮汇涌向食堂吃饭，跟平时考完试的氛围一样，路上总是能听到很多人在讨论题目或者对答案。一般这种时候许芒都会避开人群找个安静的地方待着，以免被别人的讨论声影响。她跟以往一样选择错峰吃饭，先回教室看了会儿数学题册，但其实一个字也没看进去，而后才去食堂。

午休其实也没睡着，大概也是因为知道考试紧张大家休息不好，下午考数学之前班主任特意搬了两箱红牛到教室，让大家一人拿一瓶喝完再去考试，提神醒脑考出好成绩。

在许芒的印象里，高考很多时候好像都是雨天，新闻里经常报道在大雨中送考的好心人。但今天是艳阳天，她一边喝着手里的饮料一边走神看向窗外的好天气。

阳光明媚得让人觉得晃眼，金灿灿的，一片明亮。

记忆里考前的最后一幕是班主任坐在讲台上认真地拿手机一个个扫着大家开盖后揭下来的易拉罐拉环，他说等大家下午考完试回来他就扫完这些码了，说他有预感会中大奖。

尽管班主任最后也没有告诉他们扫了那么多二维码的结果是什么，但他整个晚自习都在教室陪着他们，防止大家讨论已经考完的数学而影响后面的考试。

教室里弥漫着结束了一天考试后将散未散的稍许解脱松懈，不过更多的还是紧绷着担忧明天考试的躁动不安。

像已经拉紧的皮筋，为了弹得更远不能立马松开，还需要继续向后拉才能放手。在这种时候可能会顺利弹出，也很可能会不小心绷断。

表象的安静平和没有维持太久，任何一件事都能点燃本就闷热的环境。隔壁班不知道为什么响起了一阵吵闹声，趁着班主任出去了解情况的时候有人也忍不住好奇地去打探了一下，班里的氛围随之愈演愈热。

"顾神居然没来上晚自习！"

"什么意思？顾斯塔考完试晚上没回教室吗？"

"不愧是年级第一！其实我也不想待在教室，他好勇啊，想不来就直接不来了。"

"别提了，老师们都找不到他在哪儿。"

"看不出来顾神虽然平时话不多，但是居然会在高考这天搞事。"

"什么叫搞事？人家自己想去哪儿就去哪儿，又没对别人造成什么影响。"有人愤愤不平地替顾斯塔说话。

"哪里没影响了，隔壁班那么闹不就是因为他吗？"那人毫不留情地直接怼了回去。

"不是他！"刚去打听情况的同学站出来解释，"隔壁班吵是因为有人考完数学交卷的时候发现忘记涂选做题的题号，白丢十多分所以哭了。"

"啊？这也太可惜了吧……"闻声大家也不由得开始叹惋。

"平时就算了，但这是高考，不是都说一分压倒一千人吗？丢了那么多分真的太惨了。"

"等等，这样一说我也开始怀疑自己没涂选做题号了。"

"你别吓人，搞得我也不确定了！"

…………

紧绷的皮筋最后还是断了。许芒甚至能感觉到自己本就忐忑不安的心在一瞬间变得空落无底，她也开始担心自己会不会犯了一样的错误，眉头皱起后再难舒展开来。这其实真的只是一件很小很小的事，但放在高考上却很轻易地压垮了她。

许芒也试图调整过自己的心态，没再继续听大家的谈话，默默拿起水杯走到教室外吹风，望着无边夜色放空思绪。回教室路过隔壁班时，她不自觉地看了眼他们班里空着的座位。

强迫自己不要放在心上是没有用的，高考第一天晚上许芒就失眠了，虽然她之前也做过高考会睡不着的心理准备，可真正睡不着时还是会焦虑难受。在床上辗转反侧时她的大脑尤其清醒，将下午考的数学卷子整整回想了两遍，在脑里从头到尾地重新梳理解题思路、检查计算过程。

所以她非常肯定地意识到自己粗心做错了两个选择题，连怎么错的都记得清清楚楚。

睡不着的夜晚为此变得更加沉重，她忍不住想自己丢掉的十分会把省排位下拉多少名、会让她能报的学校和专业发生怎样的变化、会对她的人生造成多大的影响……

到最后许芒就这样一晚没睡地去参加了第二天的考试，早上考理综的时候整个人都是钝的，做题节奏比平时慢了很多，铃声响起停笔交卷时题还没做完。

这是她有史以来考得最糟糕的一次，或许也不是，但出考场后她认定这就是最差的一次。跟自己预想和害怕的一样，她在最重要的高考考场上考砸了。

傍晚低沉，天边余晖未散。许芒的妈妈许澜和舅舅来接她回家，许澜坐在副驾驶上迫不及待地扭头问："小芒感觉考得怎么样？"

舅舅在一旁不满地皱眉："不是说好了不给孩子压力，考完后不提高考的吗？"

"听说这次考试简单，小芒肯定发挥得很好。再说考都考完了，我问不问也不会影响结果。"许澜笑着扬声反驳，继续扭头期待地看向后排的人，"对吧，小芒？"

自从上车后就一直靠在椅背上闭眼假寐的许芒压住了很多情绪，喉咙像被木塞堵住，连呼吸都是沉闷的。明明周遭都是大家结束高考获得自由的欢呼声，可她却觉得自己被永远留在了高考里。

"我没考好。"她只说了这一句话。

高考结束后等待成绩的那段时间里，每次被问起考得怎么样这个问题时，许芒都是如实地回答"我没考好"这句话，但不管是亲戚、老师还是同学，全都觉得她是在谦虚。

她认真解释过，也没忍住情绪直接发泄过，可大家只当她是过于敏感多疑，依旧笑呵呵地期待着她的成绩，确信她一定能考好。

就好像一直以来许芒都是听话懂事的、都是名列前茅成绩优异的，好像比赛她就一定会拿奖，高考她就一定能上最好的大学。这是许芒第一次发现原来自己身上贴了那么多"好学生"的标签，多到连她高考失利了都没人相信。

直到高考终于出了成绩。

许芒对自己比平时模考低了三十多分的高考成绩早有预判，甚至还有一种"这下他们总该相信我"的解脱感，有种终于把身上的标签撕掉了的感觉。

有人安慰她，有人为她感到惋惜，有人开始劝她复读……

最开始是许澜，她坚信许芒只是因为没休息好所以才失误了。然后是班主任，他觉得许芒没发挥好，她的实力不止如此，重来一年一定能上更好的学校。

以上所有都是别人的看法，仅是这些就足以把她完全淹没。

但许芒并不想复读，她不想再次经历痛苦的高考，好不容易才结束了这一切，她不想再让自己活在压力和焦虑之下，不想再回到那个睡不着一心觉得丢分毁掉了自己人生的夜晚。最重要的是，她没有信心重来一次就一定能考好，她不想再回到所有人的期待之中。

当她这样告诉许澜时，她们直接吵了起来。许澜歇斯底里地朝她吼道："以你平时的水平明明能考上临大的，你怎么遇到一点挫折就想放弃？你这也不想、那也不想，那你到底想干什么？"

最后几句话毫无预兆地把许芒问住了，她怔在原地大脑短路一片空白，心底的愤怒一下子被冷水浇灭，再也没有力气说出其他反驳争辩的话。

其实高考结束后她就隐约发现了这个问题，越是空闲放松、越是自由的她反而失去了一些什么。她可以连续好几天拿着手机躺在房间的床上，看小说、追剧、玩游戏、刷短视频……沉浸在无边无际永远都有新消息的网络世界里，忽略外界的日夜交替，忽略一切。

然后呢？

等打开网站准备搜索学校和专业的时候，她还是不知道该查什么。许芒根本不知道自己的志愿是什么，或者说，她连自己到底是个怎样的人都不太清楚了。

父母老师们说要好好学习，她认真学了，十多年的读书生涯一晃而过，然后呢？读书、考好大学、找好工作、结婚生子……人的一生好像就这样被安排完了。她很清楚地明白自己在每个阶段的"任务"是什么，能大致描绘出自己的人生轨迹，甚至能想象到自己会成为一个怎样的人。

不是她自己本身是怎样的人，而是在别人看来她应该是怎样的人。

屋内安静得莫名有些发冷，看着突然变得沉默的女儿，许澜没忍心再说重话。最后也是她先妥协了，像是终于接受了许芒高考失利的事实。许澜不再劝说许芒复读，只是告诉她填报志愿时从师范和医学两个里面挑一个。

这就是现实，许芒需要为了未来能找到一份稳定明确的工作而选专业，而老师、医生、军人或者律师则是大人们替孩子们常选择的方向，上了大学后他们也还会被继续催着考试，考教资、考国企、考公务员、考事业编，考各种各样的证书。

意识到这点时，许芒才忽然明白，原来高考并不是尽头，她脚下的这条道路大概永远也没有尽头。

那天吵完架回房间后，许芒没有像平时一样拿起手机，而是沉默地从柜子里翻出了自己高中三年的日记本，趴在床边一页页慢慢地翻看着。她想回望一下过去，想知道自己到底是个怎样的人，想找找看自己既定的人生里究竟有没有什么不一样的东西。

她的日记跟记忆里枯燥无味的生活一样，记录的基本上都是考试成绩和人际关系——今天考了什么试、拿了多少分，身边的谁比自己高多少分；今天和谁闹别扭了、自己的哪个行为是不是不太合适，谁是不是开始讨厌自己了……

无论怎么翻日记里都没有一个字与他相关。

人在写日记时也会有所保留，她有一个很在意的人，连日记本也不知道。

放在一旁的手机屏幕频繁亮起，新消息一条接一条地不断涌入，班级群里正在讨论高考成绩。隔壁班常考年级第一的顾斯塔不出所料地成为市理科状元，跟他一起参加临港大学志愿填报咨询会的同学透露他最后选的是物理专业。

△临大高二来学校办过自招宣讲，我记得那时候顾神就说大学想继续学物理了。

老实说，物理专业并不是热门专业，在他们看来不仅枯燥深奥，而且未来的发展也算不上特别好，所以大家对他选了物理专业还是很"佩服"的。

△没想到顾神那么坚定地选择了物理，不愧是我们年级的传奇人物。

说顾斯塔是"传奇人物"并不夸张，学生时代长得好看和成绩好的人往往都会更引人注目一些，而他正好两样都占了。从高一刚入学时顾斯塔就已经小有"名气"了，当时靠的还仅仅只是长相，不能单用帅形容，而是漂亮。他的五官精致干净，一双深邃温柔的桃花眼尤其特别，整张脸好看得恰到好处。再加上顾斯塔平时不怎么说话，身上疏离清冷的气质更深。

　　他甚至好看到拥有"班花"的称号，那时候一班教室有数不完的人路过，大课间跑操时他们班的回头率也是最高的，为的就是看看他这个"沉默美人"。后来顾斯塔在月考中拿了年级第一，准确来说是在后面的考试里都考了第一，他的证件照从此常年被贴在表彰公告栏，大家渐渐地也没那么热衷于想见他一面了，转而被他可望而不可即的成绩折服。

　　长得好看就已经足以"轰动"了，居然还稳坐年级第一的宝位……对大家来说顾斯塔简直是他们平凡普通生活里不同一般的存在，"顾神"的称号由此而来。

　　群里还在激烈地谈论着顾斯塔，有人顺着提起了竞赛的事：之前顾神进了全国物理竞赛决赛但弃权了，如果想报物理专业的话，当时直接走竞赛不是更好一点吗？

　　刷屏的消息短暂地停滞了一会儿，大概也算是一种默认。高二顾斯塔参加物理竞赛以高名次入选省队，却在能代表全省去参加全国决赛时选择放弃的事在学校引起了不少讨论。他明明离拿奖牌保送临大只剩一步之遥，直到现在大家也无法理解他当时的行为，依然为他的才能感到惋惜。

　　有人这样总结：不管怎么说，事实证明顾神不走保送也能直接以市状元的成绩考上临大。

　　不知不觉刷完了手机消息，熟悉而陌生的名字像在提醒些什么，许芒回过神放下手机将日记合上，心底莫名有些空落落的，她没有深究背后的原因，只是顺手翻开了旁边那些高中时期用过的本子。

其中有一个本子是专门用来复盘考试的，每次考完试许芒都会分析每一科的失分情况——哪些是会做但做错的、哪些是知识点模糊不清的、哪些是完全不会的……她还记得老师说过在高考前犯错是件好事，因为这些错误都在告诉你该怎么改进。不会的题就去弄明白、模糊的知识点就去复习、粗心大意的毛病就去留意改变，争取不再犯同样的错误。

其实高考结束在家对答案估分时，许芒下意识就拿出了这个本子打算复盘记录，想到这是高中最后一次考试，她才反应慢半拍地把本子放了回去。尘埃落定，结局已经失败了，再做什么都没有意义了。

但此时此刻望着本子上认真记录的一个个数字、一句句总结、一次次鼓励，她脑子里的想法却不自觉变得更复杂沉重了一些。无关结局如何，眼前的笔迹是她满怀希望一步步往前走的过程，为每一道题目付出的时间和精力都是认真的。

门口许澜的喊声把许芒拉回现实，许芒收起本子应声出去吃饭。

她们两个人面对面坐在饭桌旁，许澜提起填志愿的事："我跟你爸商量过了，就报我们省的师范大学吧，离家也近，未来实习找工作什么的也都方便。

"上大学后先把教资考了，尽量去咱们省排名靠前的高中教书，一中、三中、实验高中之类的，或者直接回来在宁江中学教书也可以。

"专业的话我们还是希望你报大三门主科语数外，课时多、成长晋升的机会也多。"

……

筷子敲碗的声音清脆突兀，许澜抬手敲了下碗将许芒的注意力吸引过去，有些不满地蹙眉问道："你有在听我说话吗？"

本能地循声抬眸看向许澜，许芒机械地点了点头，就像一直以来自己做的那样，点头、听话、顺从。

这顿饭吃得并不好，许芒知道自己胸口堵了很多东西，仿佛再次回到了高考结束后的那辆车上，一切都是沉闷的，重重地压着她无法动弹。

她分明已经说服许澜不用复读了，却感觉不到丝毫快乐，她越来越不清楚自己想要的到底是什么了，也不明白困住她的是什么。

思绪混杂一片，晚上睡觉时脑里也乱七八糟的，翻来覆去到下半夜才睡着，不知不觉中，她好像做了一个很长的梦。

许芒家是一个很普通的家庭，父亲常年在外地打工，只有过年的时候才回来，从小就是母亲一个人陪在她身边，所以许芒非常听许澜的话。她性格内向，一直没有什么朋友，大多时候都是自己一个人沉默地待着，就这样安静懂事地长大，顺利地以还算优异的成绩进了重点高中的尖子班。

她也曾经考过年级第二，拿过竞赛奖，被班主任当成重点苗子关照过，周围人对她的期望被她自己一点点喂大。可是气球越吹越大总会破的，她从来都不觉得自己最后能成功。许芒很相信"命运的安排"，坚信一个人能否考上临大是早已注定好的，所以对自己的高考失利没有太多的悲伤。

尽管身边很多人都在劝她复读，但她还是始终坚持放弃，成功说服了许澜同意她不再复读，最后听从父母的安排报了师范志愿。

大学的生活跟高中是完全不一样的，可也同样有一定的规则和任务。上课、汇报、体测、科研、实习、小组合作、绩点、英语四六级、计算机等级考、教资考试……许芒依旧在规定的轨道上行驶着，在规定的时间里完成规定的任务，并且每一次都尽全力努力做到自己的最好，在一次次紧张担忧中硬着头皮前进，跟无数普通人一样平凡地生活着。

毕业后继续考试面试，努力考上教师编制，努力进入父母觉得体面的学校教书。然后听从他们的安排相亲，遇到条件合适的对象后结婚生子。一切都是顺理成章的，就像她所相信的"命运"。这样的人生平稳顺遂、简单平凡，好像没什么不好。

可是每天早上醒来，许芒都会不自觉地怅然，为枯燥无味的学习和考试叹气、为考证考工作感到压力巨大、为每一次站在讲台上感到焦虑、为维持和睦的家庭而小心翼翼……她从来都没有快乐过，有的只是好不容易达成一项项任务后的虚脱感。

生活的考验仿佛永远没有尽头，高考不是尽头，找到工作不是尽头，结婚生子不是尽头……当她挣扎着奋力游到每一个岸上后都会遇到更深的水潭，她无能为力地掉进去，然后继续挣扎着游向下一个岸边。

人们总是说上岸就好了，可她觉得，深陷在泥潭里的自己永远只能在所谓的岸上留下一串泥印，没有任何一个岸上能让她停下来休息喘气，尚未站稳就会被催促着继续上别的岸。

每当她不知道怎么坚持下去的时候，就会记起身边人告诉她的话，他们说每个人都是这样走过来的，生活本身就是忍受，在命运面前，人只能顺从接受。再说了，你的生活不是挺好的吗？

做一名老师确实挺好的，有获得感，有假期，有资源，亲戚朋友觉得很好，大部分人都觉得很好。但是许芒的性格并不适合当教师，不管她再怎么改变自己，也还是会觉得心理压力大，她总是在担心自己无法为别人负责，她每天都焦虑着自己的言行会不会对学生造成什么影响。

结婚后有一个稳定的家也挺好的，大家生活在一起相互帮助，还能和身边大多数有家庭的朋友保持同频的生活。许芒和自己的丈夫很合适，无论是家庭条件还是性格，生活里的小矛盾总会顺利化解。但是他们之间没有爱情，他们在一起只是为了这个"家"。

那时候的许芒还不了解"好学生心态受害者"这个词，只是习惯性顺应着去做该做的事，认真地完成每个阶段的任务。尽管感受到不合适、不快乐，也只能独自内耗，因为她心底很清楚，这一切都是她自己的选择，人必须为自己的选择承担责任。

面对这样的境遇她也反思过，可不管她怎么回想都不知道自己到底是从什么时候开始默认顺从的，也不知道该在什么时候开始反抗才会不一样。

她一点点失去的，不仅是对生活的热爱和期待，还有改变的勇气。

许芒偶尔也会想，假如当初她听班主任的话复读，一切会不会就不一样了？假如她没听父母的话报师范专业，一切会不会不一样？假如她没有相亲结婚，一切会不会不一样……

可是世界上没有"假如"，人生是不能回到过去重新做选择的，而且哪怕真的时光逆转，绝大多数时候人们也还是会做一样的选择。

人生一向如此，无力而残忍。

枕头下的振动将许芒从梦中唤醒，她睁开眼，盯着房间里的白色天花板，却忽然觉得眼眶酸涩不已，心底也翻涌着无数情绪。

许芒好像忽然找到答案了——在无能为力的梦里、在她为自己设定的"命运安排"里、在她那本从未提到过他的日记里、在她的顺从和懦弱里。

她从没快乐过，因为她一直在按照别人的想法做事，一直活在别人的眼光里，一直压抑掩藏着自己内心最真实的想法，甚至从来没有直面过自己心底的在意，也习惯性地将关于他的一切都刻意省略，担心被别人发现。

而坚持不复读一方面是想摆脱别人的期待，另一方面也是害怕自己再次失败后会被别人议论，不管基于什么，她最终都还是被困在别人的想法里。

许芒终于意识到自己心底空缺的自我，一直以来她都在以"终于考砸摆脱了他人期望"的解脱感来填补高考失利的难过，以"这就是命运的安排"来让自己接受失败，但她其实根本没有放下过。

她是不甘的，她明明可以考得更好。

她是后悔的，她明明可以避免失误。

她是遗憾的，她明明曾经想过要跟他去同一所大学。

日记本里没写下的东西是真实而深刻地存在的，她明明比谁都清楚地知道自己到底喜欢什么、想要什么。

枕头底下的振动再次响起，许芒翻身拿起手机接听电话。

这一次，她想面对真实的自我。

直面自己的失败、直面自己的问题、直面自己的渴望……直面自己的一切。

她想将日记本里漏掉的内容重新补上，不理会别人的眼光，真正地为自己活一次。

人生没有"假如"，但有现在。我们不能改变过去的选择，但能决定当下的选择。

"老师，我决定要复读了。"许芒握紧手机坚定地说。

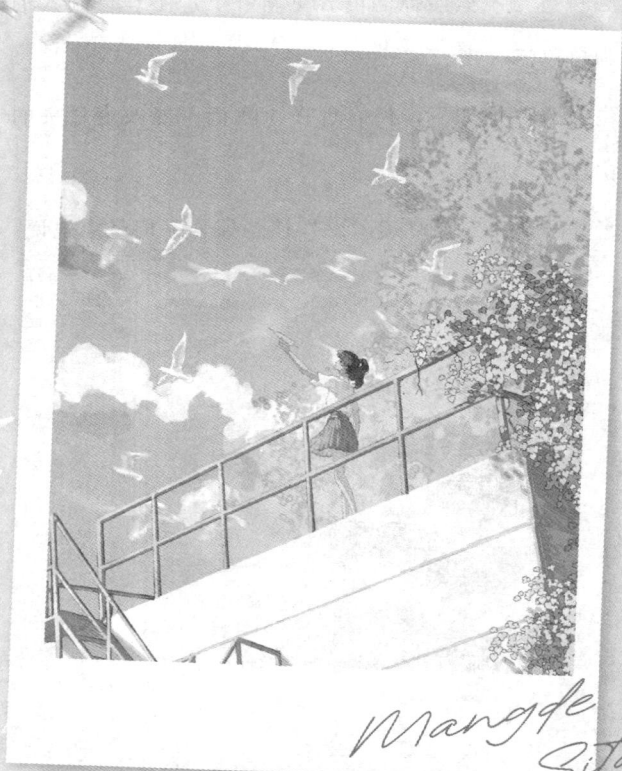

Mangde
Sita

第二章

自我的草稿

再次回到学校是八月，因为高三的学生一般会提前一个月开学。

整个校园安静得与许芒三年前第一次踏入时完全不同，透过回忆的底片一眼望过去，学校里的每个角落都变得熟悉而深刻……

高一刚入校时是许澜带她来报到的，她们拎着大包小包的行李茫然地跟着人群四处排队，稀里糊涂地办理完了住宿。许芒全程只记得周围拥挤的人群和吵闹的交谈声。等搞完所有杂七杂八的事后，坐在宿舍椅子上休息的她才真正意识到自己的高中生活就这样开始了。

还没来得及整理好情绪，门口又掀起一阵由远及近的喧闹声，她下意识地坐直了身子。门外是几个女生逛完学校回到宿舍，大家热情地围在她这个陌生面孔旁边开始自我介绍。许芒有些脸盲，所以打起了一百二十分的精神认真回应她们，后面跟大家一起去吃饭时也一直在默默记脸和名字。

"你们听说隔壁班有个长得特别漂亮的男生没？"坐在许芒斜对面的女生想起今天看到的人激动地跟她们分享八卦，"大家现在都默认他是一班的'班花'了！"

话音刚落，饭桌上话就多了起来，她们一人一句地讨论着，许芒没太注意大家对话的内容，只是安静地坐在角落继续心无旁骛地认人。

"许芒你呢？有看到过他吗？"

突然被叫到名字的许芒下意识地想出声回答，下一秒就被嘴里还没咽下的汤呛到了，她忍不住咳嗽起来，脸憋得泛红，眼角也被刺激出了生理性泪花。哪怕这样也还记得要回答问题，许芒艰难地摇了摇头示意自己没见过。

大家见此都被逗乐了，有人帮她拍背让她喝点水："没关系，我们就随便聊聊，不用那么紧张。"

"我发现许芒好像有点怕生，虽然话少但很实诚。"

"对，真的太可爱了，哈哈哈哈……"

顶着大家的注视，许芒的脸不自觉变得更热了。她垂眸喝水忍住喉里被呛到的不适，哑着嗓子小声地跟她们道了谢。坐在许芒身旁的人被她不自在的反应戳中笑点，笑倒在她肩头。

许芒有些僵硬地坐直身子，免得对方的脑袋滑落。她记得对方的名字是赵灵玲，是刚刚帮自己拍背的人。

话题经过这一茬后没再继续下去，所以许芒到最后也没有搞清楚她们刚刚在聊的是什么，只隐约记得"漂亮"和"班花"两个关键词。

开学报到的第一天晚上正式开始上晚自习，班主任组织大家进行完自我介绍后动作麻利地找人搬书到教室，一口气把教材和练习册都发了。

大家一边聊天破冰相互熟悉，一边整理着刚发下来的书。许芒刚好和室友赵灵玲是同桌，省去了和陌生同桌找话题聊天变熟这一步。她自顾自地垂头在新书上写名字，其余社交全都由性格外向大方的赵灵玲包揽。虽然她们前后排都是男生，但丝毫不影响赵灵玲的发挥，没一会儿大家就熟络起来了，当然其中并不包括沉默寡言的许芒。

"旁边这位安静的同学是我室友，叫许芒，不太爱说话，比较内向慢热，大家多多照顾。"赵灵玲热情地揽着她的肩膀介绍。

闻声，许芒停下笔抬眸，生疏地跟他们点了点头打招呼。

坐在她正前面的男生和赵灵玲是差不多性格的人，看许芒正在写名字直接自来熟地转身把自己的书拿了过来："我看许芒同学的书好像写完了，要不然帮我把名字也写了。我叫孙峻，险峻的峻。"

"拿远点。"赵灵玲有些不耐烦地挥手把孙峻的书挡开，"自己没长手啊？"说着她随手拿起书作势要打过去。

"我开玩笑的，只是单纯想告诉许芒同学我的名字而已！"

孙峻求饶般迅速将书扔回自己的桌面，双手高举做投降状，"玲姐手下留情。"

赵灵玲拿书轻轻拍了一下他，语气里满是笑意："我也是开玩笑的。"

打闹玩笑的氛围欢乐，许芒没说话，只是随和地跟着大家一起扬唇笑了下，然后礼貌地接过其他同学走过来分发的新书继续拿笔写名字，顺手帮赵灵玲把桌上堆积的书摆叠整齐。

大多数时候是这样，许芒不太习惯加入热闹的对话。但想起下午和大家吃饭时自己走神出糗的事，又想起许澜离开前嘱咐她要更融入集体一些，许芒最后还是敛神认真留意大家的对话，尽量说点什么。

从小身边人对许芒的评价就是内向，连老师在她的学期评语里写的也是她性格内向、不爱发言，希望她能变得外向一些。

整个世界好像都在告诉她，性格内向是不好的，没有朋友是不应该的，不合群是奇怪的。所以上了高中进入新环境后，许芒希望自己能跟身边的人把关系搞好，想证明其实自己的性格并不奇怪。

刚开学，整个宿舍一般都是集体行动，许芒每次都会跟着加入其中，尽管话题她不太跟得上，但也会积极地跟大家一起聊天；尽管她吃饭很慢，所以每次都会为了避免大家等她而加速吃饭，但也还是坚持跟大家一起去食堂吃饭；尽管有些时候她晚自习后还想再整理一下学习内容，但还是会放下手里没做完的事跟大家一起回宿舍。

其实她知道这些对她来说是完全可以不用做的，可却说服不了自己心底的担忧和害怕。她害怕别人说她不合群，害怕别人说她没朋友，说她性格有缺陷。许芒不知不觉中陷入一个自证的怪圈，由此获得安全感。不是非融入集体不可，而是她需要集体的"陪伴"，仿佛只有掩在其中，才能不被别人看出自己的"奇怪"。

除了宿舍集体活动，其他时候许芒都会跟赵灵玲结伴而行，上厕所、去小卖部、下楼跑操……她们所在的二班教室跟一班相邻，两边都有楼梯口，但赵灵玲每次都会拉着许芒走一班旁边那个更远的楼梯下楼。而且许芒总是被安排走在靠一班窗户的位置，赵灵玲由此借着跟她说话的动作自然地往一班教室里面看。

走过几次后，许芒才慢半拍地反应过来赵灵玲应该是想看一班那个以漂亮出名的"班花"，反正二班旁边的楼梯口因为有厕所，来来往往的人很多，因此她对多走几步路经过一班也没什么特别的想法，老实地做好自己工具人的本分。

赵灵玲连看了一周后新鲜感也过了，这才想起来问许芒："你是不是还没见过一班的'班花'来着，难道就不好奇他长什么样吗？"

在许芒的认知里，漂亮的人在网上一抓一大把，想怎么看怎么看。再加上她本身有点脸盲，所以对这方面一直没怎么关注。

想起大家聊到"班花"时的热度，许芒还是配合地点头回答道："感兴趣的，我也很好奇。"

现在正是全校学生跑操的大课间，她们一边聊天一边跟着人群往操场走去。

早上十点的太阳刚刚开始变得有温度，在朝阳的照耀下一切都焕发着生机，舒适温暖。有一种说法是一天中最好的阳光是早上十点和下午四点，许芒没太在意自己刚才顺口说的话，只是默默感受阳光落在身上的温度，在心底感慨着今天是个好天气。

"回头，"走在身旁的赵灵玲突然凑到她耳边说，"'班花'在你后面。"

顿了会儿许芒才本能地回头，原本落在肩头的阳光映入双眸，她逆着光照的方向望过去，就这样跟身后不远处的顾斯塔对视了。

那是她第一次见到他。阳光灿烂温柔，身旁人潮涌动，带着欢声笑语、带着嘈杂的一切，他就那么沉寂自在地孤身走在人群里，像座被孤立的小岛，一座引人前往但人迹罕至的岛。

一双漆黑漂亮的桃花眼干净清澈，仿佛平静的湖面澄净得能够照见自我。普通简单的蓝白校服被他穿得陌生而特别，衬得他原本就白皙的皮肤更白，许芒忽然觉得他们的校服好像也没有那么丑。

他们只对视了很短暂的一眼，比起真正的对视来说更像是视线在空中偶然触碰了一下。

先移开眼的是许芒，她一直先入为主地认为大家说的"班花"是女生，所以很快地将视线越过顾斯塔看向其他人，直到感受到好像有不少人注意到自己了，她才尴尬地转回头去。

"怎么样怎么样！看到了吗？是不是巨漂亮？"赵灵玲克制着自己的激动压低声音问她。

两个人之间有一阵短暂的静默，许芒努力回想着刚才回头看到的人群，最后还是坦诚地实话实说了："好像没看到……

"主要是因为好看的人太多了。"许芒认真补充解释。

对她来说，一眼望过去身边好看的人有很多，她现在倒是真的开始好奇那个人到底是多漂亮才能在刚开学就被公认为是"班花"了。

"人是挺多的，说不定被挡住了。"赵灵玲了然地点头，想起顾斯塔优越的长相还是忍不住感慨，"他真的超级好认。相信我，人群里第一眼看到的就是他。"

赵灵玲宽慰地拍了拍许芒的肩头，势必要让她见上他一面："没事，待会儿路过他们教室我再指给你看。"

事实上跑完操后赵灵玲也确实跟许芒说了顾斯塔的位置，一班第三排。

路过一班教室时从窗户往里望的时间短暂，第一次做这种事的许芒紧张地算准时间偏过头去，视线却不自觉地停住。

她又看到了刚才在楼梯上回头见到的那个男生，他正安静地坐在座位上垂眸看书，侧脸的轮廓清晰漂亮，虽然只是一个侧颜，但她莫名地确定就是他。

视线落在他身上后没时间再注意其他人，她们很快路过了窗户。

"这回总该看到了吧！"赵灵玲语气自信。

以为"班花"是女生的许芒并不知道她其实已经看到不止一次了，现在这种情况也不好意思再说自己没看见，所以她只好含糊不清地点了点头。赵灵玲心满意足没再继续指人给许芒认，许芒没有一定要搞明白"班花"是谁的想法，最后这件事就这样翻篇过去了。

直到第一次月考结束，许芒才真正接触到"顾斯塔"这个名字。

出月考成绩那天，大家纷纷挤在楼下公告栏处看年级排名，视线全都被最上方的名字和照片牢牢吸引，忍不住感慨一班的"班花"居然考了年级第一，他的成绩好得过于优秀，甚至比第二名高了 31 分。

听到消息后，赵灵玲也拉着许芒下楼凑热闹膜拜成绩，顺便欣赏"班花"的绝美证件照。而许芒更在意的是他超了第二名 31 分是什么概念，她默默地在心底计算着他要多做对几道题才能比大家高那么多分。

她顺着公告栏上第一排那几乎全部接近满分的单科成绩往下看，一张本该普通单调却格外醒目的蓝底证件照映入眼帘。

看到照片的那瞬间许芒才明白赵灵玲说的话——

"人群中第一眼看到的就是他。"

"班花"不止可以用来形容女生，也可以形容男生。不是调侃、不带任何玩笑意味，他好看得足以称为"班花"。

他真的很漂亮，有着一张连简单证件照也削减不了丝毫的好看的面容。

许芒终于能够肯定地回答："我见过他。"

原来那天她并没有认错人，她第一次、第二次看到的都是他。知道顾斯塔是"班花"后，许芒想起了大家一直以来对他的谈论，总算能将一切对应起来。

顾斯塔话很少，除了必要的交流外，在教室里说的话一天不超过十句，基本上不会主动找别人说话。但大家并不觉得他高冷，因为顾斯塔有问必答，平时看到有需要帮助的地方会默默伸出援助之手，在路上看到有垃圾也都会顺手捡起。他不是生人勿近的"高岭之花"，而是话少心善的"沉默美人"。

除此之外，顾斯塔总是习惯一个人行动，独自去食堂吃饭、独自下楼跑操、独自回宿舍，体育课自由活动时也一个人安静地待在操场边缘。这样回想起来，许芒每次看到他好像确实都是一个人。那时候她还总觉得他的背影很孤独，现在才知道原来这些是他自己的选择。以他的超高人气和低调性格，想跟他做朋友的人应该有很多，但他一直委婉自然地跟大家保持着距离，开学至今没跟任何人走得比较亲近。

班上每个人都能跟他说上话，他与每个人的距离与关系都保持一致，不属于任何圈子或团体，也不卷入任何人际交往纷争。老实说，许芒其实有一点羡慕这种社交方式，但她已经习惯了传统的社交模式，总会不由自主地觉得一个人行动是孤独的，所以顾斯塔的背影在她眼中总是显得特别而孤独。

那时候的他们毫不相关，许芒并没有多关注他，听到大家聊起他也只当是在聊今天的天气一样略过。

他们的交集只有一班和二班每周同时段的那节体育课，因为两个班的体育老师都选择就近在西操场上课，所以大家基本上算是在一起上课的。具体表现为热身跑圈两个班一起跑，准备活动的拉伸操两个班也一起做。许芒的个子不算矮，排在第二排女生的最右侧，刚好是和一班相连的那一列。

一班体育老师的音量更大一些，导致本来就离他们班近的许芒好几次都听错口令跟着一班的同学一起转身。站在她身后的孙峻每次看她出错都会忍不住笑出声，旁边一班的男生被笑声吸引回头，看到独自转身朝着他们的许芒后也跟着笑了。意识到自己听错后，许芒只能尴尬地红着耳根转回身。

余光中顾斯塔听到动静后也回头了，但他一点也没有笑，甚至连视线都礼貌地没有看向她，而是不经意地出声提醒他们班的人该走了。或许不管是谁，顾斯塔都会善意地随口一提帮忙解围，可因为他而顺利逃出大家注视的许芒还是很感谢他，耳根的热气被心底的暖意取代。

高一上学期许芒对顾斯塔的印象大概就是这样一个特立独行、成绩好、漂亮又善良的好心人，是她眼中一个遥远而不真切的存在。

那些年还没有开始实行新高考，依旧分为文理科高考。宁江学校是在高一下学期开始分科的，一班和二班大多数的同学选择了理科，因此理科重点班还是设为两个，由其他班选理科的同学按年级排名，依次填补两班选文科同学后出现的空缺。

许芒跟大部分人一样选择了理科并留在本班，客观因素是他们学校理科比较好，而且他们省的理科高考分数线比文科低，主观因素是与需要背诵大量知识的文科相比，许芒也更倾向于选择主要靠理解做题的理科。

她们宿舍有一个人选文科，所以换了一个新同学搬进来住。新室友的名字叫徐倩岚，她是三班的第一名，理科成绩排在年级三十名左右。许芒平时的成绩是二班前十名，年级二十名左右。新学期换了新座位，徐倩岚和赵灵玲坐一起，许芒跟孙峻坐在她们后排。

随着徐倩岚的加入，许芒和赵灵玲二人行的组合也变成了三人行。同桌之间往往会更熟一些，每次三个人一起走的时候基本上都是赵灵玲和徐倩岚在聊天，说的大多是她们同桌间未完待续的、许芒不知道的话题。

鲇鱼效应指的是当平静的鱼池里突然多了一只鲇鱼，小鱼们的生活会为此发生改变。徐倩岚就像许芒生活中的鲇鱼，她活泼外向、性格好，成绩也好，进入二班后很快和班上所有同学和老师都混熟了。

不知道是不是每个人都会不由自主地羡慕别人，反正许芒在不同时期都会有羡慕的人。徐倩岚成为她日记里常常会提到的存在，她羡慕徐倩岚开朗外向的性格能够和赵灵玲一拍即合，羡慕她们之间越来越浓厚的友情，也羡慕徐倩岚在学习上的游刃有余，不管考试难度怎样，徐倩岚永远都在进步。

日记里用的词是"羡慕"，描写的都是徐倩岚闪光的地方，但许芒知道这种感情准确来说叫"嫉妒"。人在写给自己看的日记里也会有所保留，下意识地藏住不愿面对和承认的东西，仿佛不写就不存在一样。

高一下学期的许芒就这样陷入一场无人知道的无形战争里，以"羡慕"为名追赶着徐倩岚的脚步，努力变得和徐倩岚一样。她想继续和赵灵玲做朋友，想成为赵灵玲最好的朋友；她想认真学习考得更高一些，努力不让徐倩岚超过自己。

那段时间她把自己绷得很紧，总是担心自己的哪些话或者行为会让赵灵玲讨厌、担心哪个知识点自己没有掌握好、担心考试时失误名次下滑……许芒从来不是一个自信的人，她最了解的就是自己的缺点，所以她比任何人都更不相信自己。

当深陷在比较中时，她根本没有时间和精力去思考自己真正想要或者喜欢的是什么，而是被牢牢地困在人际关系和自己创造的竞争里，过度在意着考试的每一个分数和身边人的每一句话。

让她从这种不太"健康"的状态里走出来的，是一个人说的一句很简单寻常，且并不是直接对她说的话。

期中考试出成绩时，许芒一直担心的事还是发生了，虽然她考了年级第十三名，但徐倩岚是第十名。这是许芒第一次考得比徐倩岚低，不过大概根本没有人在意这一点，除了她自己。

班主任在班上重点夸奖了进步的徐倩岚，夸她一步步稳扎稳打地从第三十名进步到第十名，还说这次二班在年级前十里占六位，这种超过一班的好成绩主要靠的就是徐倩岚。

教室里掌声激烈，大家都在为徐倩岚鼓掌。许芒也是其中的一员，她越来越觉得自己很像是青春剧里的背景板，普通平凡得连配角都算不上，独自一人在不知名的地方计较着无关紧要的一切。

语文老师也夸了徐倩岚，因为她的语文考了年级第一。在理科班里语文好的人很占优势，徐倩岚光是语文就比许芒高了十多分。老师夸完徐倩岚后就把印好的全年级优秀作文发了下来，他们年级的语文组每次考完试都会精选优秀作文印下来发给全年级的人，课上会专门抽时间用于作文点评让大家赏析学习。

不用想也知道肯定有徐倩岚的，她的作文几乎每次都会被选为优秀作文。虽然是匿名的，但大家基本上已经熟悉她的字迹和写作风格了，直接就能认出来。像文采和阅读量这种需要靠时间积累沉淀下来的东西是许芒最羡慕的，徐倩岚每篇作文都能引经据典，再加上徐倩岚从小练字所写出的一手好字，使得她的作文极具特色，是所有语文老师都赞不绝口的优秀模板。

这次果然也有徐倩岚的作文，发下来的第一篇就是她的，满分 60 分，她拿了 56 分的高分。

许芒习惯性先看徐倩岚的作文，看得十分认真投入，连自己的语文卷子被同桌孙峻抽走了也没注意。

每次看完徐倩岚的作文后，许芒都会不自觉放空一段时间，同时有一种无力感在心底悄然蔓延，徐倩岚的优秀总是会使她自惭形秽，觉得自己哪里都不好。

而旁边的孙峻确定完许芒的卷子后激动地用手肘碰了下她的手臂，压住兴奋的情绪低声对她说道："这次印了你的作文！"

许芒在座位上发了会儿呆后才反应过来他说的话，她迟缓地将手里的作文纸翻面，没想到徐倩岚背后印的就是她的作文。

没等许芒有什么反应，讲台上的语文老师直接提到了她的名字："这次语文组印了四篇作文，其中有两篇都是我们班的，除了我们的老熟人徐倩岚，还有一篇是许芒的。"

话音刚落，不少人都好奇地转身看向许芒，语文老师还在继续说话："这次期中考试的作文主题是论放弃与坚持，同学们基本上写的都是坚持比放弃重要。

"整个年级只有极少数人站在另一个角度写了放弃比坚持更难，所选的四篇优秀作文里也只有许芒写的是'有时候放弃比坚持更需要勇气'，这篇作文也是我个人最喜欢的一篇。

"下面我们请许芒同学上台朗读一下她的作文。"

其实许芒全程都是蒙的，甚至没来得及紧张，就这样在大家的注视里生硬地上台念完了自己的作文。

紧接着，是其他同学点评作文的环节，这一环节也被称为"作文点评环节"。比起优点，大家更喜欢指出作文里的缺点，小到有多少错别字、哪个词语用错了、哪句话有语病，大到整篇作文的框架和逻辑有问题……高一上学期，徐倩岚还在三班时，她的作文在二班也被指出过不少毛病，但现在当着她本人的面大家还是收敛了一些，没有再像以前那样吹毛求疵。

这是许芒第一次被大家点评作文，原来被选为优秀作文并没有想象中那么快乐，她反而特别不习惯这种被关注的感觉。她已经能预想到大家会怎么说自己了，虽然很想当场逃离教室，但实际上只能硬着身板坐直默默祈祷大家"手下留情"。班里的很多同学不太认识许芒，对她的印象可能只有成绩好和性格文静，所以也没有过多点评她的作文。

整节课都提心吊胆的许芒，认真虚心地记下大家说的不足之处，其中她最在意的一点是——"跟徐倩岚同学比起来，许芒同学的字还需要再练一练。"

估计老天也喜欢在人的伤口上撒盐，许芒课间去上厕所都能听到其他班的人说她的字丑，让她原本就沉闷的心变得更堵了。

大课间跑操时她也在想大家说她字丑的事，旁边的赵灵玲看出她的失落，出声安慰道："你的字那么可爱！说丑的都没长眼睛好不好，小芒你要相信自己。而且他们都挑字的问题，不正好说明你其他地方写得都很好，没地方挑刺才这样说。"

徐倩岚顺着接话："对啊，你作文真的写得很好！字的话平时找点字帖练一练就可以了。"

"话说语文老师应该是真的很喜欢你这篇作文，在一班还特意叫顾斯塔起来念了你作文！"赵灵玲兴奋地补充道。

想到一班也点评了自己的作文，许芒只觉得更难受，两个班离得又近，她估计走在路上都会听到别人的吐槽。抬头不见低头见的，她根本不知道该怎么坦然面对大家的议论。

偏偏怕什么来什么，如她所料，回教室的路上走在她们前面的几个男生就是一班的，甚至正好就在聊她的作文。

"听说那篇角度奇特的作文是二班的人写的。"

"那篇字写得不好看的作文？哈哈哈……你不觉得她真该去练练字吗？看上去很像小学生字迹。"

"对啊，字不好看内容也一般般，不就是角度不同嘛，早知道我也反着写了。"

许芒握紧拳低头正想走快点超过他们，赵灵玲像是看到谁了突然伸手拉住她。

"哎！顾斯塔！"前面的男生眼尖地叫住了不远处的人，自然地顺着在聊的话题跟他搭话，"你觉得你今天念的那篇作文怎么样？"

走在后面听清问题的许芒头皮发麻，心跳也跟着变得缓慢，有种公开处刑的感觉，心底拔凉拔凉的，烦躁和不安感快要将她彻底淹没。

"那篇作文很好。"顾斯塔的声音清润干净，带着安抚人心的温柔力量。像是听到了他们刚才的话，所以他有意提到了字迹，"作文的内容和字都很好。每个人都是不一样的，审美不同，观点也不同。"

顾斯塔又说："我觉得她不需要练字，最起码不需要因为外界的声音而改变自己。"

他说得那么直白坚定，议论的人闭嘴了，她心底的杂音也消失了，世界又重新恢复了安静。

那天许芒听了太多人说她字不好看要练练字，这里不好那里也不好……

但顾斯塔说——

每个人都是不一样的，不用为了别人改变自己。

Mangde Sita

第三章

葡萄会记得

那天跑完操回到教室后，许芒心底笼罩的乌云神奇般地散开了。她不再深陷于自卑的泥潭，并且终于能够鼓起勇气真正认真地看看自己的作文。卷面工整、字迹整洁清晰，能轻易辨认出每个字，不会影响阅读。算不上好看，但绝对不会带来不好的阅读观感，批卷老师也不会因为她的字而扣分。

这样就够了不是吗？她只是写作文又不是参加书法大赛，为什么一定要因为别人说不好看就改变自己的字体呢？而且她以前也不是没有练过字，只是从小写到现在的习惯已经定型，练字不是一朝一夕就能改变的。平时写作业时字也写得快，根本来不及思考字帖上的规则，其实重复的还是自己的字体，很难写成字帖那样。

她难道真的要因为有人说她的字不好看就每天练字，每时每刻都在意自己的字有没有写好看吗？心底的答案是否定的，许芒决定放下了，不想逼自己强行练字来满足别人的审美。

这是她真正意义上第一次忽略外界的声音，纯粹地从自我出发为自己做决定。

虽然这只是一件很小的事，却像蝴蝶的翅膀无形中掀起了很多变化，一点点渗透入她的生活。许芒开始尝试松开紧绷的自己，在考试分数和人际关系之外腾出一点空间安置自我，去做一些自己想做的事。

许芒从初中开始就很喜欢看诗集，谈不上有多精通多了解，只是单纯喜欢诗句的美。海子、北岛、歌德、雪莱、席慕蓉、泰戈尔……她读过很多诗人的诗集，其中最喜欢的是俄罗斯诗人曼德尔施塔姆，在印下来的那篇作文里也引用了他的诗。大概是因为曾在他的诗句里感受过自我，就连那份无法正确对待的羡慕也能在他的诗句"我悄悄地羡慕每一个人"里找到共鸣，所以她经常会随手翻开一页他的诗集认真地读。

"作文点评大会"差不多过去了一周时间，许芒正巧翻到一句诗：

当我还没有找到我自己，我不会崇拜脚下的大地。

指尖停在这页诗篇上，她不知道为什么就想起了那天顾斯塔说的"每个人都是不一样的""最起码不需要因为外界的声音而改变自己"。

他的话引导许芒走出了思想盲区，让她跳出自己的视角去客观地看待外界，重新思考自我与他人的联系。

就跟这句诗一样给出了答案。

在真正寻找到自我之前，对大地的任何崇拜和羡慕都是盲目的。顾斯塔说的"最起码"大概也是这个意思，许芒可以选择练字，但不应该为了别人，而是自己真正想做才去做。

其实诗与他的话之间好像并没有什么特别深的逻辑，但许芒却莫名地释怀了，总算能将自己从那场无形的战争中解放，接受自己与徐倩岚之间的不同，不再一味地仰视她、一味地想成为她。

人有时候就是会这样不受控制地被情绪所控制着生活，或许是羡慕，或许是恐惧和焦虑，但随着时间的流逝，一切总会过去，也总会在突然的某个瞬间一下子想通。

顾斯塔或许并不知道他说的话会给许芒带来多大的变化，但是她真的非常感谢他，甚至想找个机会到他面前亲口跟他说声谢谢。许芒在日记里没有写，却记得很清楚自己就是在听到顾斯塔说了这些话之后开始默默关注他的。

当她有意识地留意后才发现，原来每天大课间跑操时自己的位置都能看到顾斯塔跑步的背影，每天中午她们吃完饭走出食堂后，都会和为了错峰所以晚一点才去吃饭的他擦肩而过。

这个学期一班、二班依然有一节体育课是一起上的，不怎么喜欢运动的许芒在自由活动时间通常会和赵灵玲她们一起站在一旁聊天，她偶尔也会悄悄将视线投向远处独自站着的顾斯塔。其他男生大多在打篮球或者打羽毛球，只有他总是一个人站在操场边缘，跟身后交叉细密的铁栏网一同融为背景。

某天，两个班照旧一起上体育课。因为快举行校篮球赛了，所以打篮球的人变得多了起来，女生们也大多围在篮球场旁看他们打篮球。一班有个胖男生在场上跑得很吃力，跟他一起打球的男生们有意无意地一直在嘲笑他，把场外围观的人也逗得笑声连连。

"胖哥赶紧给我球啊！傻站着干吗？你该不会就跑不动了吧。"一个男生站在不远处干说话不动身，脸上丝毫不见着急，反而全是嘲讽。

另一队的人笑着从胖男生手里把球抢过，顺势故意撞了他一下："谢了胖哥，拿衣服擦擦汗吧，都滴我身上了，怪恶心的。"

"怪不得闻到场上一股味呢，胖哥挥汗如雨啊。"话音刚落，又引起一阵哄笑声。

"胖哥继续跑起来向大家证明下自己啊，人不能什么也做不好吧，学习不行，运动也不行，活在这个世界上还有什么价值？"

男生们说的话越来越难听，站在一旁看打球的不少女生被逗笑了，但也有人觉得不太合适，忍不住皱眉道："他们这样说话有点过分吧？"

"别提了，不是有句话叫'可怜之人必有可恨之处'嘛，这胖子是一班的倒数第一，每次都拉低大家的平均分，不然你以为一班这次考试为什么会输给二班？而且天气热起来了，整个教室真的全都是他的汗臭味。"

"这样一说好像确实有点味道。"

"你们看他跑起来确实好搞笑，哈哈哈哈！"

…………

没再听大家的对话，许芒一言不发地离开了，默默走到旁边的阴凉处站着。

可还是有些放心不下篮球场上被大家嘲笑的人，她时不时有意识地往那边看去。直到看见场上有人故意向那胖男生扔球，许芒的脚不自觉往前挪了一步，还没走过去就看到了一道熟悉的身影及时出现，挡在了那胖男生的身前。

没有人注意顾斯塔是什么时候来篮球场的，只看到他就这样被篮球重重地砸了一下，单薄的身体甚至被砸得不稳地虚晃了下，额前的碎发随之晃动。

场面一时间有一些静默，不知道顾斯塔倾身对胖男生说了什么，看到胖男生要离开时那些男生才回过神来嚷嚷出声："哎，胖哥别走啊，你走了我们缺人怎么玩？"

胖男生的身子战栗了下，本能地停下脚步不敢再动，豆大的汗珠顺着他的脸往下流。

顾斯塔往旁边站了一步，挡住那些令胖男生害怕的视线，他无声地跟胖男生对视着，给了对方一个肯定的眼神。

身后的男生们还在喋喋不休地说着胖男生自私自利不考虑集体拖大家的后腿，说他不负责任地离开害大家都练不了球，顾斯塔平静地转身打断了他们的话："我跟你们打。"

闻声，男生们的脸明显黑了不少，拿球的人不爽地朝地面砸了下球，阴阳怪气道："行啊，反正平时顾神考第一的分也是平均给胖哥的，既然顾神爱当英雄我们陪着演就好了。"

"论心胸和善良当然得看顾神了，不知道的人还以为我们刚刚在欺负胖哥呢。"一群人嘲弄着哄笑出声。

顾斯塔从始至终没有什么反应，冷白皮在阳光的照耀下显得有些透明。他淡淡道："不打我走了。"

"打！当然要打，跟顾神打球是我们的荣幸。"男生们动起身来吹口哨打趣道，"托胖哥的福，广大女同学也能一睹顾神打球的风姿了。"

旁边吃瓜看戏的女生们被提到，笑骂他们嘴碎乱说话，但视线却都实诚地落在顾斯塔身上，好几个原本在打羽毛球的人注意到这边的动静也停了下来，走到篮球场旁一起看热闹。许芒站在远处的阴凉地没动，目光随着终于能从他们那里离开的胖男生缓慢移动，他走得很慢，仿佛每走一步都会花光身上的所有力气。

看着他落寞的身影，许芒不由得想起初中班上因为在宿舍里被孤立而突然转学走的同学。

不管是否注意到，一些不好的事情或多或少地出现在身边，那种残忍而让人不敢靠近的事情光是听到就足以使人难受，但当真正旁观时却依然没有勇气站出来。因为害怕被别人议论说是出风头，也害怕自己是下一个对象。

尽管无法否认与战胜自己的害怕，她还是想做一些自己力所能及的事。

想到这里，许芒转身找到自己放在花坛上的书包，从包里拿出一包纸巾，鼓起勇气走向坐在角落的胖男生。

胖男生没想到会有人走过来给自己递纸，也没敢抬头看是谁。他将头垂得更低，飞快地抬手擦去眼角的湿润，颤抖着手接过了她给的纸巾。

本来有很多话想说，但能感觉到他现在不是很想被别人看到自己的样子，所以许芒把纸递给他后就安静地离开了。

回到原地后，她才望向篮球场，脑海里还是顾斯塔刚才被篮球砸的那一下，不知道他有没有受伤。

场上的男生开始了新的球局，却明里暗里都在跟顾斯塔对着打，有意针对他想让他出丑。许芒看过去的时候顾斯塔正好被他们左右夹击抢走了球，男生们戏弄他打球走神，连一个球也守不住。

其实大家都看得出来顾斯塔是个新手不怎么会打球，可他依然坚持站在场上认真参与，不管他们说什么做什么都没有被激怒，始终平静如初。

见顾斯塔全程淡然地打球，女生们都在感慨他脾气好、定性强，尽管受制于他人却一点也不显弱。

而且正是因为他站出来了，胖男生才得以从篮球场逃离，大家的注意力都被顾斯塔转移到了他自己身上。

阳光明亮晃眼，风卷着热意与善意，男生在场上肆意尽力地奔跑，双眸澄澈而坚定，从他勇敢站出来的那刻起就足以让人难忘。

许芒站在一旁远远地望着他高挑的身形，忽然觉得心底充满了力量，那是一种柔软又踏实的勇气。

不知道过了多久，体育老师终于吹哨让大家集合准备下课。

从篮球场离开回队伍时又路过了胖男生，顾斯塔轻柔地抬手拍了拍他的肩膀。

感受到肩上的抚慰，胖男生忍不住回想起他刚才替自己挡球时告诉自己的话。

——"不要相信他们的贬低。"

他说的不是不要在意，而是不要相信。

永远不要相信那些打击你、伤害你的话语。当他人排挤与谩骂你时，最起码自己不要顺从他们的话怀疑自我，一定要坚定地站在自己这边。

想着这些话，胖男生默默握紧拳头，将总是佝偻着的脊背挺直了些。

在后面目睹他们短暂接触的男生无语地翻了个白眼，听到体育老师统计参加篮球赛的名单时他故意高声大喊道："老师，顾斯塔也想参加。"

话音一落，班里的人都循声转身看向顾斯塔，没多想的人只是单纯惊讶于刚才他们都这样对他了，顾斯塔居然还愿意一起打球。看出他们是故意的人也没说话，只是暗自在心底为被摆了一道的顾斯塔感到不值得。

反倒是顾斯塔本人一脸平静，丝毫没在意大家的视线，甚至都没有回头看一眼故意提到他的人是谁。

"正好还差一个人，那就顾斯塔上了。"体育老师直接写上了名字，麻利地确定了参赛名单。随后他让全班解散下课，并提醒今天的值日生别忘了还借的器材到体育室。

离一班比较近的许芒将他们班刚刚发生的事尽收眼底，猜都能猜到他们是在针对顾斯塔，让他这个本来就不怎么会打球的人上场比赛，指不定平时一起练球的时候会怎么对他……虽然不知道顾斯塔刚才为什么不直接拒绝，但她莫名地觉得他肯定有自己的打算，不会那么轻易被欺负的。

直到听到自己班的体育老师也宣布解散了，许芒才回过神走上前收拾器材。今天刚好轮到她值日，她仔细地清点完班上借的器材后去体育室归还。

因为体育室在教室和食堂的反方向，所以人很少走这边，她也是低头走了一会儿才注意到前面还有个人，估计是一班还器材的人。

等抬眸看清前方的背影，她的脚步下意识地放慢了。

头顶的树叶被风吹得簌簌作响，地上满是斑驳晃动的光影，他的影子就这样落在她前方的不远处。敞开的校服随风飘摆着，顾斯塔白皙修长的手旦拎着器材袋，不紧不慢地往前走去。

握紧手里相同的器材袋，许芒不自觉地放轻动作静悄悄地走在他身后，连呼吸都放轻了。

这是她第一次那么清晰地听到风从自己身边吹过的声音，第一次觉得整个学校居然那么安静，静到她担心顾斯塔会听到她的脚步声并回头。

明明什么也没做，可心脏却不听使唤地一个劲儿地乱蹦，所以她走得越来越慢。

本来打算等到他从体育室出来了再进去的，不知道为什么从身后传来一阵闹腾声，好像有一群人也往这边走来了，已经走到门口的许芒只好硬着头皮走进了体育室。

隔着架子避开与他碰面，她迅速拎着袋子走到最里面放篮球。好在顾斯塔差不多已经放完所有器材，没过多久就直接离开了体育室。

听到关门的声音，许芒才松了口气，虽然她也搞不明白自己为什么会那么紧张。

在心里估摸着他应该走了有一段路程，许芒把所有器材放置完毕打算出门，手刚搭在门把手上就听到了门口闹哄哄的说话声。

"顾斯塔，我们劝你最好还是好好读书，不要多管闲事。"

"是啊，不该插手的事就聪明地走远点，到时候惹得一身腥味别怪我们没有提醒过你。"

"你是聪明人，应该不需要我们说太多才对……"

原来刚才走在后面的那群人是特意来体育室门口堵人的，听起来他们人还不少，站在门后的许芒忍不住觉得后背发凉。

一直没出声的顾斯塔开口第一句话是："希望你们以后别做这种事了。"他的声音平缓舒徐，不胆怯也不生硬，比起警告建议的口吻更像是在认真地跟他们交流。

但站在对立面的那群人只认为他的话难听刺耳："顾斯塔，你是不是认为自己特别了不起啊？想装英雄搞正义是吧？"

"你不要以为自己成绩好就可以高高在上地审判别人。"

"对啊，你不就是看不起我们嘛！"

"既然那么瞧不起我们为什么还要答应一起打球？你看起来也不像是怕我们的样子。"

他们的声音一句比一句高，感觉再说就要直接动手了。站在体育室里的许芒冷静地思考了会儿后，把自己身后的书包脱下来放在一旁的柜子上，然后用力地伸手将书包推到地上，书包重重落地弄出一阵不小的声响，她想由此告诉门口那群人里面还有人在。

听到体育室里的声音后，外面的人集体噤声了。

一阵短暂的静默之后是顾斯塔先说的话："我确实看不起你们之前的行为。

"但我不会因为这些就看不起你们。"他客观地说着自己的想法，一字一句无比认真，"我觉得你们打球很厉害，所以就答应一起打了。

"我会好好练球不拖大家后腿的。"

他的话直白却真诚，门外的他们和门后的她都顿住了。很少会有人在站出来制止不对的事时，直接地说对我就是看不起这些行为，更很少会有人说做过坏事不代表就是坏人。可顾斯塔依然承认肯定着那群人好的地方，也不回避与他们的相处。

被屋里声音打断的那群人冷静下来后气焰本就消了不少，现在更没有人出声接顾斯塔的话了。安静了好一会儿，才有人说："今天就算了吧，里面还有人，被看到了不好。"

"对，我们先走吧。"

…………

稀稀落落的几句话音渐渐远去，他们没再为难顾斯塔，一个个都转身离开了。

许芒侧耳听着外面的动静，紧绷的背放松下来，这才想起来转身捡起地上的书包，她抬手轻拍了几下沾了灰的包，等到人都走完了才开门出去。

体育课是早上的最后一节课，现在大家应该都在食堂吃饭，所以许芒走出体育室后直接朝食堂走去，脑子里还是顾斯塔刚才说的话。

吃完饭下楼的时候她迎面遇到了错峰来吃饭的顾斯塔，体育课上明明发生了很多事却丝毫没有影响到他，甚至在被那群人堵完之后他也还是照常回教室学习了。

许芒心底对他的佩服又加深了一些，收好自己的视线看向前方，自然无异地与他擦肩而过。平静的表面之下，杂乱的心跳连她自己都没有在意。

担心那些人后面还在找顾斯塔的麻烦，之后上体育课时许芒不放心地留意着他们那边的动静，却意外地发现他们好像相处得挺融洽的，在篮球场上没有故意针对顾斯塔，也没再有说难听的话嘲笑胖男生。

虽然不知道他们的态度为什么跟之前截然不同了，但总之结果是好的就好。许芒默默地为顾斯塔松了口气。

某天傍晚吃完饭回教室自习的时候，许芒低头看了太久的英语文章，眼睛有些酸涩，便抬眸看向窗外打算放松一会儿。

天边的晚霞艳丽，连吹过的风都像是有形状的，一切美好而绚烂。

视线下移落在篮球场上，有人正站在三分线外练习投球，手里拿着球瞄准篮筐，跃身伸手将球抛出，篮球在空中划出一条漂亮的弧线。球落地后他又跑过去捡起球，运球回到原地继续投篮。一个、两个、三个……他就这样一个接一个不知疲倦地练习着。

虽然隔了很远基本看不清脸，但许芒还是凭借着他的身形马上就认出是顾斯塔在练球。碎发和校服随风飘曳，躬身捡球、跑步运球、跃起投篮，男生的身形像篮球场上的剪影，在余晖的笼罩下显得清晰坚韧。

他跟那天在体育室外说的话一样在努力练球，实践与行动永远是最真实的答案。

大概从站出来替胖男生挡球时他就已经做好一切准备了，不管是被他们针对还是其他别的，他始终做着自己认为正确的事，有勇气承担自己选择的结果，也有能力和毅力践行自己说出口的话。

许芒好像知道那些人为什么会改变了。她相信顾斯塔的所言所行是能感染身边人的，因为她自己就是最好的例子，她也从他身上吸取了力量。

之后她每天都能在相同的时间段看到顾斯塔练球，晚霞与篮球场上的场景自然地融为一体，成为她窗外最美的风景。他在篮球场上肆意地奔跑、专注地投篮，命中率也越来越高，从最开始站上场的"篮球小白"，慢慢练习蜕变成为一班打篮球的主力。

也许没有发现顾斯塔每天在练球的人，在看到他的进步时会感慨他有天赋做什么都那么优秀，但许芒比谁都清楚他付出了多少努力。

注意到许芒最近一到傍晚就望着窗外发呆，赵灵玲忍不住站起身跟着她一起看向楼下："你每天都在看什么呢？"

下意识地起身挡了一下赵灵玲的视线，许芒的心突然紧紧提起。

越过许芒的肩头看到在篮球场上练球的人，赵灵玲没认出来是谁，仅是瞥了一眼就收回视线："居然有人那么无聊在练球，我们光是搞竞赛搞学习都没时间了。

"别看了，继续写竞赛资料吧。"

还好赵灵玲没发现什么，许芒放松紧绷的身体，没解释自己在看什么，淡淡地笑着摇头道："我不打算走竞赛这条路的。"

赵灵玲坐回座位恨铁不成钢道："我看咱们两个班就你放弃得最果断了。"

高一下学期学校在晚自习和周末安排了各个学科的竞赛培训，旨在争取重点大学的自招和直接保送的机会。两个理科重点班的同学都被动员参加了，每个人必须选一门以上的竞赛课学习，所以那段时间大家的学习任务和压力很大。

许芒没打算走自招，也没有期待过自己竞赛能拿奖，应付差事般地随便选了一个初赛复赛全都是选择题的生物，主要重心还是放在平时的学习上。不过班上很多同学报了两科，一是觉得竞赛课也能学到知识，二是觉得拿点奖履历会好看一点。

所以当许澜得知自家女儿"不上进"只报了一门时，还特意打电话来说了她好几次。

许芒本来觉得这种事她可以自己决定的，却没想到许澜那么在意。连续好几天晚自习结束她都会接到许澜打来的电话，好不容易消停了一天，结果在回宿舍的路上又接到许澜的电话，她没忍住还是和许澜吵了起来。

没回宿舍打扰室友，她是在宿舍楼附近一个偏僻的凉亭接通电话的。渐热的天气里，夜晚已经开始有虫鸣声了，窸窸窣窣吵个不停，让她沉闷的心情更加烦躁。

"我让你多报一门竞赛课你报了吗？"许澜二话不说直接质问。

"妈，我不是已经跟您说好我不走竞赛吗？"

"学校给了那么好的机会你怎么不懂得珍惜啊，大家都积极参加就你一个人不求上进。"

许芒尽可能心平气和地跟许澜认真解释道："我的精力是有限的，没办法兼顾学习和竞赛。"

"那么多人都可以，为什么只有你不行？"许澜越说火气越大，"而且你不试试怎么知道不可以，如果能拿奖呢，你以前参加竞赛不是都拿奖了吗？"

"妈！"许芒有些沉闷地深深喊了许澜一声，"竞赛没有那么容易，不是随随便便就能拿好名次的，我没有您想象的那么厉害。

"我不是在故意跟您对着干，也不是不求上进畏惧失败。我没有放弃自己，只是换了一种选择，单纯不想花费太多精力在一件我不打算做的事上，我真的已经想得很清楚了。"

在那个夜里，她比任何时候都坚定认真。许澜能听出来，隔着电话没再继续提这件事了。

这是许芒第一次"抗争"成功，其实她很少跟许澜争取什么，虽然有些时候她们意见不同，但她认真说完自己的想法后，许澜都会听的，这大概也是后来她高考不想复读时许澜先妥协的原因。

跟许澜谈好后，许芒更加坚定了自己的选择，所以看到大家都扎堆报物理竞赛时也丝毫没有动摇。赵灵玲和徐倩岚除了报生物，还报了物理。两个班有一半人报了物理——因为年级第一顾斯塔选了物理。学校开班的时候也没想过报物理竞赛课的人居然是最多的，到最后，甚至得在报名的人里选物理成绩排名靠前的来控制人数。

但一个学期过去后，参加物理竞赛课的人也跑得差不多了，选两门竞赛课的都果断退了物理，只选了物理一门的也在想办法转去其他科目……

主要还是因为物理竞赛课的内容太像天书了，整个班只有极少数人能听懂并跟得上，大家认清现实后清醒地放弃了对顾斯塔的"追随"。赵灵玲只坚持了一个月，哪怕退课了也还是有很长一段时间看到物理题就感到害怕，被物理竞赛打压得生理不适。

与大多数人相反，许芒反而在那个时候开始对物理感兴趣了。她也不知道具体是为什么，只是在每次提到物理时都有种莫名的熟悉感和亲切感，不知不觉地想要靠近物理、了解物理。虽然隐隐觉得和顾斯塔有关，但她点到为止，并没有去深究背后存在的联系。

篮球比赛过后各学科竞赛的初赛和期末考试都渐渐逼近，估计是因为大部分人的重心放在竞赛上了，没怎么花时间搞竞赛、一心一意学习的许芒期末考直接拿了班级第一、年级第二的好名次，赵灵玲她们见此也忍不住感慨早知道就不花那么多时间去搞竞赛了，老老实实学习提高成绩才是硬道理。

许澜高兴得合不拢嘴，暑假见到谁都要提一句女儿的成绩，班主任好像也是从这个时候才正式"看到"了许芒。该怎么形容呢，虽然许芒从小到大成绩都还不错，但老师们其实很少记得她，他们更多的注意力还是放在那些活泼外向善于表现的尖子生上。许芒在班里更像是一个"透明人"，沉默寡言、安静寻常。

突然以"黑马"的身份被大家关注后，许芒只觉得浑身不自在，听到班主任的夸赞和大家的掌声也并没有想象中那么开心。刚从没有硝烟的战争中挣脱没多久，她再次被推上一个无形的"舞台"，而这一次所有人都变成了观众。

之后的两年许芒都在努力"走钢丝"，站上去了就不得不维持住，应该没有人不害怕坠落，至少她是害怕的。许芒的日记本差不多变成了学习记录本，每天都在复盘自己的学习情况。

新学期九月下旬各科竞赛成绩也出来了，两个班基本上有一半的人拿了奖，但拿一等奖的人不多，排名靠前且进入省队的，全校只有一个人，就是顾斯塔。

宁江中学最近几年才开始搞竞赛，顾斯塔是第一个进入省队的人，市里和学校都高度重视他这棵独苗，对他寄予厚望，期待他能为学校摘得奖牌。

按照要求进省队后要到省里参加集训，九月底去大概集训两周，为接下来代表全省参加全国物理决赛做准备。月底正好是高二第一次月考，大家原本以为时间比较紧这次考试顾斯塔不会参加了，结果在考场上还是看到了他的身影。

"真正的狠人不会放过每一次拿第一的机会。"有人这样锐评。

也有人说他是在珍惜仅有的几次考试机会，毕竟进全国决赛基本上算是半只脚踏进临大。在大家看来，顾斯塔美好而光明的未来已然确定。

正在努力维持成绩的许芒无暇在意顾斯塔，她将注意力都放在学习上，担心自己考得没上次好会有落差。

学校一般都是按照上次考试的排名安排座位，许芒考了年级第二名所以坐在了顾斯塔的后面。这是他们离得最近的一次，她甚至能看到他后颈上有一颗不显眼的痣，隐在衣领边缘。他的肩很宽，坐在前面能将她完全挡住。

注意到旁边有人经过，许芒收回自己短暂发呆的视线，从笔袋里拿出考试工具准备考试。全部拿出来后才发现自己没带橡皮擦，现在回去拿也来不及了，她只好不抱希望地问了下坐在自己旁边的徐倩岚："你有带多余的橡皮吗？"

"我只有一块哎。"徐倩岚不好意思地摇头，委婉地表示自己不能帮到她，随即转回头去继续看手里的复习资料了。

大家考试当然都只会带一块橡皮擦，许芒迅速接受这个事实，镇静地在脑里思考该怎么办，决定等会儿涂答题卡的时候小心一点避免涂错，实在不行再举手让监考老师帮忙借……

前排的人突然转身的动静打断了许芒的思考，许芒不自觉地绷紧后背坐直身子，视野里出现一只骨节分明、白皙漂亮的手。意识到是顾斯塔后，她直接顿住，僵硬地压低视线没敢抬眸，连呼吸都不自觉地放慢了。

顾斯塔鸦睫半垂，也没有看她，伸手将半块橡皮放在她桌上后就转回去了，考试铃声正好在他转身的那个瞬间响起。

监考老师分发试卷，盖住了桌角上他递给她的、刚掰下来的半块橡皮。

那是下午的最后一场考试，结束后许芒还没来得及还橡皮擦顾斯塔就已经走了。一切发生得太快，她甚至没能说一声谢谢。等许芒到一班问同学时才知道他考完试直接去省里参加集训了，要下个月才回来，那半块橡皮就这样留在了许芒手里。

没有顾斯塔的校园变得安静了很多，毕竟大家平时八卦得最多的就是他，所以现在都挺不习惯的，总觉得少了什么。

距离好像就是从他离开那天开始变得越来越远的，他是物理竞赛省队队员，即将参加全国决赛拿奖，未来直接保送全国最好的大学。而他们依然是普通的高中生，需要再熬两年通过高考才能获得"解放"。

许芒偶尔也会想起那天考试时顾斯塔伸到自己桌上的那只手，每次都会一同联想起曼德尔施塔姆的诗句——

比白净更白净，你的手，

比温柔更温柔，你的脸，

离开滚滚人群，你遥远。

她知道的，自己眼中的遥远变得更远了。

可能是因为新模块的物理知识陌生难懂，那段时间许芒的物理很不幸地遇到了瓶颈，在每周一考的物理周练里考出了历史新低，选择题十错六，还被班主任叫到办公室谈话，说虽然卷子难度大，但也不应该错那么多，让她多放点心思在物理上。

第二天物理老师安排评讲试卷，许芒特意在课前喝了一罐咖啡提神醒脑打算好好听课，但铃声响了好一会儿都没人来上课。课代表正打算去办公室找人，下一秒大家却看见，本该去参加全国物理决赛的人毫无预兆地走进了他们教室。

顾斯塔没穿校服，身着简单的白T恤和黑色工装裤，站在台上一点也不怯场，自然得仿佛在自己班，好看的脸上没有特别的表情。

许芒跟底下的大家一起愣住，呆呆地看着他。不知道为什么，有一瞬间许芒觉得他好像也在看自己。

有人说过，人的眼睛是世界上最小的海。

她看到了最漂亮的海，也看到了那片海里倒映着自己的身影。

短暂的呆滞过后，整个教室像刚烧开的水直接沸腾了起来，大家震惊得直接议论出声。

"不是……怎么物理老师没来，顾神来了？"

"对啊，顾斯塔不是去参加全国物理决赛吗？难道时间变了？"

"太奇怪了，顾神为什么会在上课时间来我们班？"

"谁能告诉我到底发生了什么……"

没有加入周围人的谈话，许芒只是安静地坐在位置上，脑子还有些没反应过来，总感觉刚才应该是他感受到她的视线了，所以才会看过来，当然也很有可能只是她的错觉。想着，许芒没再在意，装作不经意地移开视线看向顾斯塔身后空白的黑板。

余光里顾斯塔直挺地站在讲台上，单手拿着一张卷子在看。不管底下再怎么吵闹，他的神情依旧淡然如初，双眸清澈平静，没有出声打断大家的交谈。

很快扫完卷子上的题目，他默默转身拿起粉笔在黑板上画着什么。注意到他的动静，大家才意识到人还在讲台上，渐渐安静了下来。

黑板上的白色线条笔直清晰，顾斯塔正好画完题目给的示意图，他适时放下粉笔转身解释道："陈老师有事不能来上课，这节课由我给大家讲一下这次周练的卷子。"

没再说什么多余的话，顾斯塔简明扼要地直接开始讲题，低磁的嗓音不疾不徐："第一道选择题考的是基本概念，考点大概在物理选修 3-1 的第十页到第十五页，A 选项错在……"

来不及走神多想，大家本能地开始听讲。有人忍不住低声感慨了一句："不愧是物理大佬，连知识点在哪页都记得那么清楚。"

他的同桌也表示震撼："他手里拿的甚至只是一张写了答案但没有具体解析的卷子。"

"上节课他不是还没有回一班吗？这卷子估计他也是刚拿到的。"

"没错，他应该刚回来，我在窗外看到他放门口的行李包了。顾神真不愧是顾神，真的太牛了，居然能立马现场讲解。"

他们本来还打算继续往下聊，但听到顾斯塔讲到选择题里的难点后都自觉地噤声，继续认真听课了。

给别人讲题与自己做题还是有很大的差别，顾斯塔按照自己的思路把这题讲完后，班里不少人还没反应过来，教室里安静得落针可闻。

见状，他不太确定地问了句："有哪里没听明白吗？"

大家沉浸在理解中，没人回答。于是顾斯塔放慢速度，把过程拆解得更细了些，又重新讲了一遍，这次他一边讲一边侧身看向台下的某处。所有人的注意力都在黑板上，没人发现他看的具体是谁。

后面顾斯塔基本上都是这样讲题的，半侧身看向台下。他的节奏慢慢掌握得越来越熟练，详略得当，每次都恰好在大家模糊的地方停下来详细地解释说明。

这是许芒第一次那么全神贯注地上物理课，不知道是不是因为自己喝咖啡后注意力更集中，这张卷子的难题错题她居然全部顺利弄懂了，而且这部分一直没理解的物理知识好像也神奇般理解了，她终于成功地走出了瓶颈。

顾斯塔又一次在关键时期"捞"了她一把。

大概那感激的种子在心底种下后就会这样一点点生根发芽，

从此以后积累收获的都是来自他更多的帮助。他或许是无心之举，但每一次她都会有意记住。

上完课后，二班的人去打听才知道，原来物理决赛的时间没变，顾斯塔是自己主动放弃决赛回学校的。物理老师没来上课也是因为自己带的学生放弃比赛被校长约谈了，时间匆忙所以才让"始作俑者"顾斯塔帮忙代课。

大家听说这件事后更震惊了，议论声从看到顾斯塔回来开始就完全没停过。

"顾神为什么突然不参加决赛了？"

"对啊！那么难得的机会，而且他也一直都在认真准备，怎么毫无预兆地就放弃了？"

"顾神明明很有可能拿奖牌的……真的太可惜了。"

"我都替他感到不值，到底为什么放弃啊？"

…………

独自坐在位置上的许芒也听到了大家的谈论，注意力没放在他放弃比赛上，而是突然记起来自己还没还顾斯塔橡皮擦。她伸手翻找到一直放在笔袋里的、自己特意去买的，跟他给自己的那半块橡皮一模一样的新橡皮擦，又拿起笔打算在便利贴上写点什么再一起还给他。

基本上所有人都在为顾斯塔感到可惜，大家觉得他不应该放弃决赛。传统意义上来说好像做任何事都坚持到底才是正确的，人们常常歌颂"坚持"的力量，认为放弃就是懦弱和逃避，认为放弃就是不对的。

可没由来地，许芒想起了上学期的作文题目——论坚持与放弃。她并不觉得顾斯塔是"一时兴起"才放弃决赛的，相反，她坚信他做出这个决定一定经过了深思熟虑。

有时候放弃比坚持更需要勇气，而勇敢的人先找到自我。

许芒不知不觉就写下了这段话，但想了想又将这页便利贴撕下来揉成团攥在手里，重新在下一页上一笔一画、中规中矩地写下了"谢谢"两个字。

那个星期，顾斯塔的座位刚好轮换到了窗户边，于是许芒趁没人注意的时候小心地将新橡皮擦和便利贴放在了他的桌上。

在二班代完课后，顾斯塔拿上行李包先回了一趟宿舍，等他换好校服回到班级看到桌上的东西时，却没感到意外或者疑惑，就像知道是谁给的一样。

他先伸手拿起的是那张便利贴，修长的手指轻捏着便利贴一角，在头顶白炽灯的照耀下看清了上面的字。不知道过了多久，他才放下手，接着翻开一个黑色外壳的笔记本，将便利贴夹在了里面。

另一边的教室里，许芒平复着有些快的心跳，从桌面上随便拿了一本练习册打开来做，将注意力集中在题上，让自己不去想他看到东西后的反应，好像只有这样才能不那么紧张。他给的那半块橡皮依然被她放在笔袋里，像某种纪念，也像"好运符"。

　　后来的一年里，他们常常在一个教室考试、在领奖台上一起领奖，她的视线从来没有和他正面对上过，但总是会不自觉默默落在他的背影上。

　　他是从未出现在她日记本里，却存在于她每一天记忆里的特殊存在。

Mangde Sita

第四章

心底的天鹅

三年的光阴在每次翻开书、合上书之间悄然流逝，空中飞扬的细微尘埃终会落回地面，每一条河流都有自己的方向。

许芒在新教室里整理着已经陪伴自己参加完一次高考的复习资料，重来一年，她打算接受所有、迎接所有，坦率地面对真实的自我。

班主任特意将许芒安排在了高三重点班，期望她能成为"鲶鱼"激发起重点班的活力，在鱼池里展开良性竞争，让学校在新的一年再创高考佳绩。

复读的生活跟刚过去的一年没有太大的区别，而且许芒没在复读班，生活跟以前更像了，连复习节奏都是类似的。

唯一不同的是她的室友们都是复读班的，平时没办法经常在一起。而高三大多数人的圈子已经定了，许芒是新加入的学生并且性格内敛，很难那么快与别人熟起来，所以她在新集体里基本上都是一个人独来独往。

大概是因为过去两年看过太多顾斯塔一个人独行的背影，现在的许芒并不会觉得一个人行动有多么奇怪或者孤独了。

"认识"顾斯塔之后她的很多观念发生了变化，她知道了这个世界上每个人都有自己的性格，有人活泼外向，也有人沉默内向，没有哪种性格一定更好，只是大家获取能量的方式不同而已，外向的人从社交里充电，而内向的人则通过独处充电。

因此她没有再继续强迫自己一定要去社交或者一定要"合群"。她终于理解了顾斯塔的背影，不是孤独的，而是自在的，他一直在以自己觉得舒适的方式生活。

许芒自己都没发现，她现在越来越像以前的顾斯塔了，早上最早到教室、中午饭点错峰吃饭、晚上最后一个回宿舍，一个人在自己的时间线和节奏里自由地安排生活。

除了许芒，他们班上还有一个女生也总是独自行动。一开始许芒只以为这也是她的生活方式，可没过太久就发现了不太对劲的地方——发作业时大家会漏掉她，有什么通知时大家也会避开她，小组活动时她也总是落单……

高三新学期还有最后一次体测，刚开学的几节课体育老师特意给大家留了练习的时间，让女生两两一组练习仰卧起坐，虽然只是意思一下走个形式，但大家还是很快组好队一边练习一边聊天了。不认识什么人的许芒一眼看到了那个默默走到角落的女生，她在离垫子很远的地方背对着大家。

见到站在一旁的新同学，有人热情地过来跟许芒搭话："你还没有搭档吗？要不要过来一起练习，我可以帮你压脚。"估计是发现了她的视线，那人仅是瞥了一眼远处的背影便熟络地拉着她转身，"走吧！刚好我们都不太认识你，大家熟悉熟悉。"

那边的女生们注意到她们的动静跟着一起望向远处，几个人低声不知道说了什么，随即也热情积极地扬声招呼许芒过去一起玩了。

往前走是能够让她融入这个新集体的好机会，可她分明感受到了她们的催促里带着一种回避和刻意。远处那个落寞的背影在许芒脑海里挥之不去，犹豫的时候她忽然想起了勇敢站上篮球场的顾斯塔，想起了他在一个个傍晚里不停练球的身影。

做自己觉得正确的事永远不会错的。

许芒决定相信自己的直觉，于是她停下脚步礼貌地出声道："我看你们人数刚刚好，我就不过去了。"说完她径直拿了一张垫子转身离开。

那人本来还打算说些什么，但看到许芒认真而坚定的神情最后还是没能说出口。老实说她还挺羡慕许芒的，因为许芒有勇气走向人群边缘。既然做不到许芒这样，她觉得自己最起码不该拦住许芒。

带着垫子走到不远处那个孤零零的女生旁边，许芒扬起笑对她说："同学，我们一起练习吧。"

目光中新同学就这样面带笑容迎着阳光背离人群走向自己，

宋琳顿了很久才反应过来，受宠若惊地帮忙一起铺垫子，有很多话想说却紧张得不知道该先说什么，她反复斟酌后开口的第一句话是："谢谢。"

谢谢你发现我的窘迫孤独，谢谢你选择走向我。

知道这两个字里蕴含的重量，许芒真心地摇头表示没关系。两个人相视一笑，宋琳心底的紧张因此缓和了不少，鼓起勇气把自己的名字告诉了许芒，许芒也跟她做了一个自我介绍。认识后，她们开始互相帮忙练习仰卧起坐。

躺在垫子上认真做了一会儿，腹部的酸痛让许芒放慢了速度，在某次躺下后她抬眸望着头顶一望无际的蓝天，突然觉得天空好辽阔，大脑也想随之放空，因为好像光是这样看着天空，就能净化心底的所有不如意。

所以躺下后她没再起身，而是往旁边挪了一点位置，招手示意宋琳一起躺下。

许芒一边邀请一边由衷地感慨道："天空好美。"

她的双眸清澈透亮，倒映着蓝天和白云，一切都是那么安静美好。

宋琳扫了一圈远处聊天的人们，大家说说笑笑热闹非凡。曾经的她一直以为自己的青春应该是她们那样的，所以当她被迫站在边缘后只感到孤独悲伤，只觉得她是被剩下的，她是被讨厌的。

直到看见许芒坚定地走向她，直到看见许芒独自躺在垫子上看天空。宋琳跟许芒一起躺下，忍不住问道："你不好奇为什么大家都不理我吗？"

虽然这只是一句简单的问题，但许芒莫名觉得自己能听懂她背后的很多潜台词，是不是因为我性格有缺陷所以才没朋友、是不是因为我做错了什么所以被大家讨厌、是不是因为我真的就是一个很糟糕的人所以才没有人愿意理我……

许芒没有回答宋琳的问题，而是认真地说："我会理你的。"无论别人怎么看你，无论你是怎样的人，我都会理你的，这样就不是大家都不理你了。

宋琳预设过很多种答案，却从没想到许芒会这样回答。她偏过头去压藏住自己眼底的热意，听到身旁的人继续说："不合群是一件很酷很勇敢的事。

"一直以来你都做得很好，以后也能继续这样下去的。"

宋琳彻底平躺在垫子上，跟许芒一起望向头顶的天空，蓝天和白云真的很美，微风爽快地拂去眼角的湿润，她默默在心底"嗯"了声——

没错，这样的青春也没有什么不好。

从那以后她们成为搭档，小组活动和体育课时都会一起组队。平时在班上看到大家漏发的作业许芒会帮忙拿给宋琳，收到班级通知时也会及时告诉她。

第一周换座位时宋琳不在教室，大家抱怨着她给人添麻烦，宁愿绕过她的桌子也不肯顺手帮忙，最后是许芒站出来帮宋琳推桌子的。

大概是看许芒推得比较吃力，有一个男生过来帮她搭了一把手。落入眼眸的手臂肌肉线条，他很轻松地就帮忙把桌子推到了换的位置上。

没来得及开口道谢，他先一步爽朗地扬唇笑道："不用谢，我叫林景恺。"男生双眸明亮，撑在桌上的双臂笔直，就这样倾身跟她对视了一眼，语毕干脆地转身回去推自己的桌子了。

回来看到自己的桌子已经有人帮忙推了，宋琳走到许芒桌边道谢。想起刚才那人说的话，许芒认真地开口道："是一个叫林景恺的人帮你推的。"

"林景恺？"宋琳有些惊讶地愣在原地，忍不住嘀咕了一句，"年级第一什么时候那么热心了？"

不知道是不是许芒的错觉，好像换完座位后大家对宋琳的态度慢慢变好了，最起码没有之前那么刻意，宋琳还好奇地问过许芒是不是发生了什么，许芒只是同样疑惑地摇头。

可能是大部分人的善意都比想象中更容易激发出来，因此当一个人站出来后，原本犹豫的人也会跟着站出来，毕竟许芒也是受到顾斯塔的感染才变得那么"勇敢"的。

学生时期除了人际交往问题，还有一个永恒的话题就是成绩和排名。

暑假的一个多月里许芒没闲着，因为失败得太过刻骨铭心，所以每一分一秒都不舍得浪费。虽然高考失利主要是心态的问题，但她还是把自己考砸的理综认真复盘了好几遍。

那段时间她是把书铺在床上睡觉的，睁眼闭眼手里都拿着书，记忆是重复的过程，只要重复的次数足够多就一定能记住。她一次次重复着做题与翻书，基本上把教材里的重点全部背了下来，每个考点在哪本书的哪个章节都记得清清楚楚。

开学半个月后学校安排了第一次考试，在一众刚开始一轮复习梳理高考知识点的高三新生里，知识体系完备并且多了一年考试经验的许芒毫无疑问地空降年级第一。

用大家的话来说她就是"满级大佬"重回"新手村"，她"人形课本"的绰号也流传开来了，课上老师提问时她不用翻书就能把考点直接背出来。

考年级第一原本是一件值得开心的事，可许芒却觉得自己又回到了那个一直没走出来的剧场里，不得不顶着大家的注视继续"走钢丝"。

其实自从在高一下学期考了年级第二后她就一直是这个紧绷的状态，艰难地维持自己年级前十的位置，害怕考砸后从"高位"掉下来会被别人议论，让父母和老师失望。

许芒原以为她已经习惯了这种维持名次的压力，没想到站在年级第一的位置上还是会不由自主地感到恐惧。而且估计是因为已经亲身经历过一次高考失利了，她变得更加害怕失败。

她不知道其他人是否有与她一样的困惑和压力，却清楚地意识到自己正一次次陷在同一种恐惧里，那是一种好像不管怎么努力都填不满的无底洞。

复读后在第一次考试里拿了年级第一的那个夜晚，许芒在日记里写：*总是考第一的顾斯塔身上是不是也承受着压力，他会不会担心名次下滑？他也会害怕失败吗？*

班主任以前曾经告诉过他们，这个世界上是有"吸引力法则"的，意思是如果你非常想要什么、非常想知道什么，全世界都会听到你的渴望并来帮助你。

学校在八月下旬开了高考表彰大会，将优秀高考生们邀请回学校分享学习经验。市理科状元顾斯塔作为优秀学生代表站在主席台上发言，那高挺的身形一如她三年来看到的那样漂亮帅气、平静自若。

许芒第一次觉得复读是个很正确的决定，能再次看到他，并且听到他的这次演讲。

"大家好，我是高2016级一班的顾斯塔。"尽管只是一个简单的自我介绍，台下掌声雷动，衬得喇叭里他的声音更加遥远。

遥远又变得清晰。

"高中三年我最大的收获其实并不是获得了怎样的成绩，"

顾斯塔手里拿着演讲稿，平稳地念着自己认真写下的内容，"而是在寻找自我的途中越来越了解自己、相信自己。

"我们每天都会遇到不同的问题和烦恼，在解决问题与整理情绪中反复重演固定的行为模式，却很少去感知自我。

"所以我常常会问自己——我是谁，我想要什么，我现在感觉怎么样。

"我很喜欢的一本书里提到过这样一种说法，每个人心里都有一只丑小鸭和一只白天鹅，你是怎样的人取决于你对自己的理解与认同。

"当你相信自己是丑小鸭时，你会感到不自信、恐惧和不安；当你相信自己是白天鹅时，你会变得自在平和。

"希望我们都能发现并相信自己心底的天鹅，从容自在地生活。"

…………

隐在台下的茫茫人群中，隔着遥远的距离望着台上的他，许芒觉得有什么东西正在她的心底悄悄破土生芽。

好像确实是这样，她一直觉得身边优秀的人都是"白天鹅"，而自己是"丑小鸭"，总是担心自己奇怪、丑陋、不合群，总觉得周围的世界充满竞争与压力。哪怕或许在别人看来她也是"白天鹅"，但坚信自己是"丑小鸭"的她依然恐惧不安，所以不管考多少分、不管将考点背得多熟她都觉得自己会失败。

八月底学校放了月假，许芒回到家后才能上网，她第一时间搜索了顾斯塔演讲时提到的书，凭着记忆里的大致内容和关键词找到了书名——《走出恐惧》。

"吸引力法则"可以这样理解吗？当你非常想知道答案时，看到的一切都可以当作答案，这本书好像就回答了她日记里的问题。

顾斯塔也有他的恐惧，他通过书寻找着走出恐惧的办法。每个人都有自己的恐惧，这是一种自我保护的机制，"恐惧"保护着人们心底认同的那个"丑小鸭"，将人们困在幻境里不敢走出来。

许芒是在那个时候了解到"好学生心态受害者"这个词的，大意是说很多"好学生"身上都有相同的共性，他们勤奋努力、遵守规则、顺从听话，遇到问题最先做的是反思自己，总觉得自己哪里不够好。比起为了心底的目标而努力，他们更多时候是被恐惧和焦虑推着往前走。

因为害怕别人的负面评价，所以他们努力地成为别人眼中的"白天鹅"，却从来没有认可过心底的自己，就这样在恐惧中挣扎，在内耗里失去自信。

盯着屏幕上这一行行触及内心的文字，许芒在页面上点击了购买，将顾斯塔提到的这本书带到学校与自己最爱的《曼德尔施塔姆诗选》放在一起，每当学累了或者感到紧张焦虑的时候都会拿出来看。

书里总会有答案。

这个世界让大家认真学习，未来好好工作，好像最重要的事就是学习和工作，但人们很少有时间停下来寻找自我。

如果说复读后有什么是特别的话，许芒会回答，她开始意识到自我了。

她不再恐惧无法成为外界标准下的"天鹅"，不再一味地觉得自己是"丑小鸭"，而是开始寻找自己心底的"天鹅"。

她开始跟着顾斯塔的足迹，一步步走出恐惧。

虽然并没能一下子就变得自信起来，每次考试也还是会焦虑担忧，但许芒却没有以前那么消极自卑了。她学会了觉知自己的情绪，不作批判地接受一切。比起别人会怎么看她，她现在更在意的是自己怎么看自己。

她无比珍惜自己的感受，因为只有自己最清楚哪个知识点模糊不清、哪道题是怎么做错的、哪个题哪里没弄清楚。考得好心情是怎样的、考差了又会感觉怎么样……她珍惜着自己的错误，也珍惜着自己的焦虑，踏踏实实地复习着，真正意义上坦诚地面对自我的一切。

接受并抚慰自己心底的"丑小鸭"，在平时的学习生活里认真拾捡起自己的每一份进步，一点点肯定自我。

将《走出恐惧》完整看完时，一个学期也过去了，这期间许芒的成绩在一定范围内波动起伏，在最后的期末考回到了开始时的年级第一。

期末考试前老师说了新学期会按照排名让大家先选座位，由此激励大家好好考试，同时也可以调整一下班里的结构，给予大家选择性。等固定同桌和小组之后，再每周依次组内向后、组间向右移动，这样也能保证大家都会相对公平地坐在不同的位置上。

第一个选座位的许芒在靠窗第三排坐下，拉开书包默默整理自己的复习资料。刚拿出一本书就注意到第二个进教室的人直直地朝她的位置走来，许芒没多想，垂头继续从书包里拿书。

直到那个人在她旁边站定后，她才抬眸看向他，帅气的五官让有些脸盲的她也能认出来，这是上个学期跟她一起帮宋琳推桌子的那个男生。

林景恺跟她对视上，扬起灿烂的笑容问道："我可以坐在这里吗？"

许芒不太接得住他的热情，收回视线有些生硬地点了点头。

教室外有人实时播报选座位的情况："年级一二名居然坐在一起了！大家快选第一组这块风水宝地啊！"

"林景恺上学期就念叨着好奇新同学了，这回如愿坐到人家旁边可以直接向本人打听了哈哈哈……"

"谁不好奇空降的年级第一啊？直接把林景恺万年第一的位置拿走了，许芒真的好牛，实力完全碾压我们。"

"她之前成绩也很不错，虽然高考不知道为什么考砸了，重来一年当然更强了，对我们这帮新菜鸟来说就是降维打击。"

"但哪怕是考砸的成绩也已经可以去好学校了，如果是我的话应该不会想复读的。"

"人家当然奔着临港大学复读的，目标不一样嘛。"

"可这样假如高考又考差了，没考上的话不是会更失落吗？"

…………

外面的议论声许芒熟悉得不能再熟悉，已经习惯左耳进右耳出了，倒是旁边的林景恺好像比她本人更在意这些话，直接站起身子伸手把窗户关上了。

他的动作太过下意识，忘记了旁边还坐着个人，许芒则是反应很快地低头靠墙给他让位置，两个人这才没有撞到一起。

"不好意思，"林景恺迅速收回手坐下，指了指窗户解释道，"风有点大。"

许芒没接话，依旧只是简单地点了点头。林景恺没有让沉默延续下去，主动找了个话题问她："下节课是什么？"

这下她总该说话了，他侧身耐心地等着。

许芒其实能感觉到他的视线自从坐下后就一直没离开自己，抬手将物理书拿起来竖在他眼前阻断他直白的目光，她开口道："学习吧。"

听出她话里无可奈何的语气，林景恺压住嘴角的笑意，没再继续逗她了，乖乖坐回身去："好的，我知道了，是物理课。"

如果能重来的话，许芒宁愿考第二，这样的话就能避开与他这个热情的话痨成为同桌了。想着，她无声地在心底叹了口气，敛神转移注意力低头刷题。她的顾虑果然不是多余的，没安静太久旁边的人又找她聊天了。

"你不觉得物理很枯燥吗？"林景恺看了会儿物理复习资料后问她。

许芒停下笔摇了摇头表示不觉得，见状他更好奇了："那你觉得物理怎么样？"

在心底猜测着她短暂的走神时在想什么，他本来以为她这次会多说几句话，没想到得到的答案是——

"不枯燥。"她一本正经地用他刚才问题里的词语回答他的问题。

短短三个字莫名戳中了林景恺的笑点，看到她一脸认真的表情，他笑得更开怀了。

不知道他为什么突然笑成这样的许芒有点蒙，虽然不理解但也不打算问他原因。正在她打算继续低头算题的时候，林景恺及时收起笑意，清了清嗓说："我再问最后一个问题。"

林景恺问："你平时是怎么调整考试心态的？"他这次是认真提问的，还特意补充说明道，"感觉你看上去心态挺好的。"每次出成绩他都有默默留意，许芒在考第一时很平静，没考第一时也完全看不出来有什么反应。

"很难调整。"许芒握紧手里的笔坦诚地回答。

因为刚才听过她类似的简单答案，所以他没觉得意外，反而能感觉到她的率真。

大概这个问题也引起了她的共鸣，林景恺第一次听到她多说了几句话："虽然很难，但我最近有试着告诉自己不要唯结果论，在心底降低成绩和名次的重要性。"

想起第一次高考睡不着的那晚，此刻坐在教室里复习的许芒心底莫名有很多感慨，喃喃出声："其实考砸了人生也不会完蛋的。"是在对他说，也是对自己说。

复读的一年时间已经过半，老实说许芒也开始有些疲倦了，不管是身体上还是心理上，尤其是在大家的复习进度追上来后，成绩都变得越来越好的情况下。

她知道有枯水期是正常的，所以也没给自己更大的压力，没有规定自己一定要在什么时候好起来，只是一边调整心态一边继续照常复习着。

直到顾斯塔又出现在她眼前，带着光亮和希望就这样再次出现。

以前许芒很少在心底提到顾斯塔，本能地压抑着，不在日记里写，也没对任何人说起过他。顾斯塔对她来说就像一场雨，她能看到雨滴、听到雨声，她的周围都是雨。但她撑着伞，不敢触碰雨，害怕被雨淋湿。

在复读以后许芒才放任自己随意想他，想他的背影，想他给予她的勇气，想他无意间对自己的那些帮助，想他对自己带来的无数影响。

继上次表彰大会之后时隔一学期再次看见他，许芒才终于想明白，顾斯塔不是雨，他是避雨亭，是她撑伞走向的目的地。

顾斯塔这次是跟着大家返校宣讲的，主要是来高三重点班介绍临港大学的。他们学校上届考上临港大学的一共有五个人，今天来了四个人，二班有位同学没来，只有许芒以前的同桌孙峻来了，其他三个都是一班的。

孙峻一进教室就眼尖地看到了许芒，忍不住热情地笑着抬手朝她挥了挥。许芒移开不自觉落在顾斯塔身上的视线，自然地看向孙峻跟他点了点头，算是打招呼。

看着走上讲台的一行人，林景恺突然凑近许芒问："你们认识？"

以为他问的是孙峻，她回道："我们以前是一个班的。"

"我说的是顾斯塔。"他说。

闻声许芒愣了会儿，不明白他为什么会提到顾斯塔，没等她出声询问，台上的老师已经开始介绍人了，她跟着大家一起看向讲台也就忘了他莫名的话。

来宣讲的他们精心准备了PPT在多媒体上展示，轮流上台介绍临港大学各方面的情况，让大家更了解临大。虽然耳朵在听他们的介绍，但许芒还是会时不时用余光瞥向站在讲台旁的那道熟悉的身影。顾斯塔侧身认真看着屏幕，她只能看到他清晰的下颌线和高挺的鼻梁。

今天旁边的林景恺问题格外多，一直不停地写小纸条放到她桌上。许芒假装没看见，始终端正地坐直身子继续看向台上。

孙峻是第三个宣讲的，直接一口气讲到了结尾："以上就是临大的介绍，非常欢迎大家报考临港大学！"

"学长——"下面的同学不由得唏嘘出声，拖长语调哀号，"这不是我们报不报的问题，得分数过线了人家才要我们啊！"

"好啦好啦，"孙峻忍俊不禁地点头，"知道大家都喜欢临大，我们特意带了一些临港大学的周边和我们以前的学习笔记来送给大家！"

话音一落，教室里又重新响起了欢呼声，孙峻就着火热的气氛扬声道："下面有请临大物理系的大佬顾斯塔来随机抽选中奖的人！"

整场宣讲在此刻到达高潮，顾斯塔终于站上讲台正面对着大家，骨节分明的手压着厚厚的一堆本子。等到真正能看清他后，许芒反而不敢仔细看他了，担心他会注意到自己的目光，所以她只是垂下视线看着他手下的本子。

"下面我随机报学号，大家直接上来拿就可以。"顾斯塔言简意赅地说。

许芒数了下，一共是十个本子，他们班有 37 个人，她能拿到奖的概率大概是 0.27……在她默默计算概率的同时，顾斯塔也开始报学号了。

"1、3、13、26。"

每念完一个学号，许芒都在心底改变计算公式中的分子和分母重新计算概率，她其实完全没管这样算对不对，也没有在意自己有没有算错，只是单纯找点事做让自己不要过于紧张。

"39。"顾斯塔突然念道。

暂时的静默过后，大家反应过来激烈地提醒他："学长，我们班只有 37 个人！"

"对！忘记告诉你总人数了，我们班学号只到 37 号。"

低头看了眼手里与其他本子都不同的黑色外壳笔记本，顾斯塔等大家说得差不多后才出声，他掀起视线不留痕迹地扫过台下："那就——

"37 号。"

一班原本是 36 个学生，许芒是新加入的复读生，所以学号排在最后，正好就是 37 号。她已经记不清现在算出的概率是多少了，耳里只剩下他低磁的嗓音在念"37 号"。

林景恺率先反应过来，坐在过道的他直接侧头对许芒说了声"我去帮你拿"，说完将课桌下的大长腿迈开，他站起身就要上去了。

许芒及时伸手抓住了林景恺的校服衣角，语气郑重认真："没事，我自己去。"

这是她第一次拥有光明正大走向他的机会，而且是他亲手给予的。

顾斯塔的目光落在她身上，许芒感受到了，也鼓起勇气抬眸迎上了他的视线。

整个教室闹哄哄的，有人在看刚发下来的周边本子，有人在碎碎念着号数希望顾斯塔下一个能抽自己，有人在谈论临港大学的专业……

他们于一片嘈杂中安静地对视着。

许芒攥紧手一步一步坚定地走向他，克制着心跳、掩藏住悸动。

顾斯塔的双眸好像比任何时候都更温柔漂亮，仿佛蕴含着一片璀璨的星河。那瞬间许芒想起了曼德尔施塔姆的一句诗——

我在呼吸银河的碎粒，

我在呼吸宇宙的病症。

坠入他的眸里，她呼吸着名为悸动的银河碎粒，心跳声声入耳。

不知道这一路走了多少步，许芒终于走到讲台前站定。

本就比她高的顾斯塔站在台上看起来更高了，她好像需要仰起头才能看清他。

就在许芒打算抬头看他的时候，顾斯塔主动微躬身靠近她，伸手将那个独一无二的黑色笔记本递到了她面前，黑与白的对比分明，衬得他的手更加白皙。

他们之间的距离因为递接本子而变得很近，许芒下意识地屏住呼吸，颈线绷得直直的，一切感官都变得格外敏感，顾斯塔的嗓音就这样清晰深刻地在她耳边响起。

"欢迎报考临大。"他说。

一切不真实得像是一场梦。顾斯塔按照倍数的规律从 13 号、26 号念到 39 号，然后大家告诉他班里只有 37 个人，于是刚好就叫到了她。

不管计算出来的概率应该是多少，拿到本子的她就是 100% 好运气，她从来没觉得自己那么幸运过。如果这样的好运能降临在自己身上，那她是不是也可以相信自己是有运气的人，是不是可以相信自己这次高考不会考砸，能够顺利考上临大？

心底再次燃起了憧憬和信心，许芒双手接过本子，诚挚地说了声"谢谢"后转身回座位。

林景恺起身让她出去后就一直站在座位旁边没坐回去，单手撑着课桌耐心地等她回来，目睹了两个人之间的对视和对话。终于等到人回来后才跟着她一起坐下，他懒得写她压根没看的纸条了，直接凑过去问她："他说什么了？"

许芒还能听到自己杂乱的心跳声，默默调整了一会儿后才回答："他说，欢迎报考临大。"

"你会报吗？"林景恺问。

"会。"

这是她第一次那么快回答他的问题，似乎不需要思考一定是这个答案，那么坚定而认真。林景恺有些恹恹地耷拉下眼皮，伸手将她桌上的纸条聚在一起，语气"恶狠狠"道："记得看！"

莫名地从他的口吻里听出了几分失落，许芒自知理亏，将刚从顾斯塔手里拿到的本子小心地放进书桌，随即展开一张张纸条开始回答他的问题。

只不过每次听到顾斯塔继续念学号时她手里的动作还是会不自觉地慢下来，想再多听一听他的声音。

看她回的纸条内容全是简略的答案，林景恺本来还想再写些什么，旁边的人先一步把他手里正准备撕成纸条的草稿纸拿走了，许芒在纸上用力地写下"别再传纸条了"六个大字。

下课铃声适时响起，顾斯塔正好把本子发完，一行人道别后，大家热情地鼓掌欢送他们离开。

孙峻在教室外的窗户边喊了声许芒的名字，抬手招呼她出去。不想再看纸条的许芒找到脱身机会，把剩下的纸条放回林景恺桌上，顺势溜出了教室。

林景恺倒也没叫住她，起身把窗户开得更大一些扩展视野，他直接在许芒的位置上坐下，单手支着脑袋直勾勾地看向过道上聊天的两个人。

把人叫出来后，孙峻第一句话问的是："你看刚才领的本子了吗？"

许芒老实地摇了摇头示意自己还没看："怎么了？"

"你运气真的挺好，"他感慨着打趣，"那本可是成功秘诀。"

对上她疑惑茫然的表情，孙峻握拳在唇边掩住笑，咳了声清嗓忍住笑意："等你翻开就知道了。"

"对了，"他想起什么突然转过头对许芒说，"你还记得高三我们有次在晚自习辩论'这世上有没有命运'吗？"

她当然还记得那次辩论，毕竟是自己跟他说过最多话的一回。那晚刚结束完三模，大家对完答案后都在聊天，教室里闹成一片。许芒在看诗集，旁边的孙峻把物理卷子折起来后想起物理老师的话忍不住问她："你相信这个世界上有命运吗？"

那段时间他们的物理老师刚好过了五十岁生日，在课上跟他们聊起过这个话题，他说人生过了大半才意识到这个世上可能真的有命运存在，其实每个人从出生时就已经确定了一生。

孙峻直到现在也还记得，当时许芒合上手里的书后回答了一个他从没想过的答案，她说："相信，我相信世界上有命运。"

本想跟她一起吐槽物理老师的他哑然，没想到她居然也那么"迷信"，两个人就这样对此辩论了起来，你一句我一句地争辩了一晚上。

"你那时候不是坚定地相信有命运吗？我记得你还提到了牛顿晚期也在研究神学的例子。"孙峻望着夜色回忆。

"嗯。"许芒点头应声。感觉到他还有话想说，她安静地等着他接下来的话。

"我现在好像也相信这世界有命运了。"他说。

其实孙峻在叫她出来之前也想过该不该问她最近怎么样或者复读压力大不大之类的问题，但最后还是打算把自己的心里话直接说出来："我以前一直坚信你会考上临大的，毕竟你的成绩从高二开始就特别好，而且平时学习也很认真，咱俩每次做完作业对答案也都是你的准确率高。

"但……你现在不是重新开始了吗？所以我觉得大概这世界真的有命运吧，现在这条路应该就是你的命运，比起一帆风顺来说多了一层考验的命运。

"我开始相信有命运了，度过命运安排的考验后，一切一定会有好结果的。"孙峻非常真诚地对她说。

许芒能听出他话里的鼓励，所以也认真地出声表示感激："谢谢。"

曾经的她确实非常相信命运的存在，甚至在高考失利后也告诉自己这就是命运，告诉自己考砸了都是因为自己命里不能考上临大，自己不是命运的宠儿所以不会成功。

她用命运来解释一切，也用命运困住了自己。

"但是，我现在不信命了。"许芒对孙峻说，"我不相信世界上有命运了。"

如果信命的话她就不会复读了，她大概会过着自己梦里那样的生活，一辈子都被困在她为自己预设的"命运"里。

人相信什么就会不由自主地想要证明什么，很多时候我们都意识不到是我们自己选择了自己担忧、害怕、讨厌的生活，为的就是证明自己这些消极的感觉。

她不打算再相信自己平庸消极的命运了，也不想盲目地相信一切都会顺利美好的，她只想相信自己。

相信自己有毅力度过艰难时光，相信自己有资格获得美好事物，相信自己能够独立自主地活在这个世界上。

课间的教学楼热闹，聊天声、说笑声、叹气声……沉浸在思绪中，他们之间沉淀着短暂的安静。

她说"不信命"时眼底格外笃定，有一种由内而外的坚韧。如果说从前的她像一定会破茧成蝶的蛹，那么现在的她好像已经在蜕变了，孙峻觉得这半年里她真的变了很多。

"孙峻！车快到了，我们该走啦。"有人在远处喊。

孙峻转头应了声，然后才跟许芒开玩笑道："敢情我们的想法还是反的。

"来不及听你的论据了，最后半年你好好完善理由，以后我们再继续辩论！"说完孙峻就跟她挥手告别离开了。

许芒留在原地没动，接着将双手搭在过道的栏杆上，仰头将视线投向遥远的夜空中。星星忽闪忽闪，渺小而微弱，在一片浓得化不开的黑色里随时会被淹没。

底下的一行人走出了教学楼，许芒站在楼上借着看夜景的动作默默注视着他们离开的背影。

每一步都在离她远去，走进远得看不见的未来里，他高挺熟悉的背影也变得越来越小。这会不会是最后一次看顾斯塔的背影？许芒现实地在心底提问。虽然不知道答案是什么，但还是陷入了一种不舍和悲伤里。

双手握着的铁栏杆被夜色染得冰凉，楼下的他们已经走到高中部的出口了，顾斯塔没参与大家的交谈，一个人漫不经心地走在队伍末尾。

许芒不由自主地收手抓紧栏杆，专注地垂眸看向那道即将完全消失的背影。

下一秒顾斯塔忽然停下了脚步，像是要转身回头最后看一眼教学楼。许芒第一瞬间就察觉到了他的动作，本能地蹲下躲在栏杆后面。

默默关注的意思是——不敢让他知道自己的视线，也不敢让他知道这份感情。

就像下雨会撑伞、害怕会逃避，这种暗自在乎会让人下意识躲藏起来。

隐于昏暗里的许芒想起了很久以前体育课后跟他一起还器材的那条林荫道，她远远地走在顾斯塔身后，连脚步声都克制得小心翼翼。陌生的心跳声又重新在耳边响起，她终于后知后觉地读懂了自己当时的心境。

过道将教室与楼外分割开，她望着楼下，而林景恺望着她。

其实林景恺在看到孙峻走后就想出来找许芒了，但看着她独自望向夜色的背影时又觉得自己不该打扰她的独处。哪怕只是背影也觉得悲伤，她清瘦的后背被夜色衬得更加单薄。他知道这个时候的她不会希望被别人看到，所以遏制着自己没出去。

就这样静静地坐在她的位置上，他透过自己打开得大大的窗户看到她的头越来越低，看到她垂头趴在栏杆上，看到她忽然蹲了下来。

直到这一刻林景恺才起身出了教室，快步走到她身边蹲下问道："你还好吗？"

许芒没想到会有人过来，愣了会儿才回答："没事。"

见他眸底的担忧关切依旧，她补了句话解释自己蹲下的行为："真的没事……只是有东西丢了。"说着她不自在地站起了身，林景恺却还蹲在原地。

她不明所以地低头垂眸看林景恺，林景恺就这样仰头跟她对视，声线深沉有力："丢的是什么？我可以帮你找找。"

"没关系的，"许芒急忙抬手示意他起身，"是不重要的东西。"

"可是你看起来很难过。"林景恺说，"丢的应该是很喜欢的东西。"

本来只是随口一说骗他的话，她明明什么也没丢，但不知道为什么听到他这样说后，心底未散的不舍和悲伤又全部涌了起来。

移开跟他对视的目光，许芒侧眸看向楼下，出口处已经没有人了，一切都恢复成最初的模样。

林景恺说得没错，她丢了很重要的东西——

他的背影和他的回眸。

如果她再勇敢一点，继续站在栏杆旁坚定地看着他，那这一切就不会错过了。

好可惜啊，没能再多看他一眼。她真的很舍不得。

这是许芒第一次觉得，只能像这样在背后默默地望向他，好可惜。

Mangde
Sita

第五章

量子能纠缠

短促的上课铃声响起，夜晚再次变得寂静，散落在外的学生各自走回班级。许芒比谁都清楚这个世界上没有如果，可惜的事最终会变成遗憾。

　　不管平时成绩怎么样，高考失利了就是失败了；不管她有多在意他，默默关注就是不为人知的；不管有多渴望做好一件事，没做到就是遗憾。

　　但遗憾可以补回。她现在正是为了弥补高考失利的遗憾而在复读，这份努力也让她再次看见顾斯塔，让她变得更了解自我，让她一点点填补自己空缺的地方。

　　"回教室吧。"许芒转身回头看向林景恺，整理好短暂的低落情绪，坚定地道，"不小心弄丢的东西我以后会自己找回来的。"

　　对上她明亮的双眸，林景恺看她振作起来后暗自松了口气："好啊。"说着，他唇角挂笑起身催她一起走，"我写的纸条你还没看完呢！"

　　提起这个，她面露难色："可以不看了吗？"

"那今天作业的答案你来对。"

"成交。"她点头。

回教室后，许芒麻利地核对答案。他们只有极个别答案是不同的，她很快就判断完了正误，在便利贴上记下题号贴在他的作业本上还给了他。

"我又错了三道？"每次他们对答案都是他错得多，林景恺哀怨地低声问她，"你该不会又只错一道吧？"

许芒小幅度地摇头表示否定，他心理平衡了点，但也仅是短暂的一会儿，因为旁边的她淡定地说："我今天一道题都没错。"

闻声，林景恺抿直了唇线，有些无奈却还是真心佩服地给她竖了个大拇指："继续保持。"

林景恺说："以后我来对答案吧，让我给自己留点面子。"他不禁笑着自嘲，伸手想拿她的橡皮擦用，却从她的笔袋里摸出了两块橡皮擦。

一块完整的和半块掰下来的。

眼疾手快地将他掌心里的半块橡皮拿走，许芒不自觉地攥紧自己握着橡皮的手："用那块吧。"

"这么宝贝你那半块橡皮？"林景恺擦着题目上画错的辅助线出声打趣。

一般这种玩笑话许芒都不会搭理的，林景恺自顾自地重新画线做题，没想到这次许芒居然很认真地接话了："嗯，很宝贵。"

林景恺下意识地停下动作，装作不经意地多看了她几眼，小心放回笔袋的半块橡皮，嘴里是漫不经心的语调："知道了，我以后不会用错的。"

　　没有解释太多，许芒默默继续低头写作业，很快将作业交完了。她打算再刷一套理综选择题，在拿卷子的时候才看到课桌里那个顾斯塔给自己的本子。

　　想起孙峻把她叫出去后最开始说的话，她伸手将本子和卷子一起拿了出来。

　　许芒坐直身子看着桌面上笔记本的黑色外壳，顿了好一会儿才认真地翻开本子。

　　第一页是干净的扉页，只用黑色碳素笔写了一串数字：

　　2016.9 - 2019.6

　　许芒好像猜到这个本子是什么了。

　　往后翻，陌生而又有些熟悉的字迹映入眼帘。她其实并没有见过顾斯塔写在纸上的字，却莫名地觉得这是他的本子。或许是因为孙峻说的话，或许是因为顾斯塔曾经在他们班上过一节物理课，黑板上的字迹已经在她心底悄然留下了痕迹。

　　原来只是短暂的记忆也能轻易认出，原来只是有隐约的预感也能如愿以偿。

刚才他们来宣讲分发礼物时说过，送的是临港大学的周边和他们之前的一些学习笔记。

孙峻的反应告诉她，她拿到的本子不是普通的本子，没想到真的是学习笔记，而且还是顾斯塔的。

关于他的一切都太过不真实，像从天而降的流星，带来希望的同时直接实现了愿望。

这是顾斯塔用了三年的物理笔记本，里面仔细地记录着每一道他感兴趣的、觉得经典的物理题目，用蓝笔简要概括解题思路，用红笔标注知识重点。整整写满了厚厚的一本，写下的题号记到了"1573"。

很多时候大家提起顾斯塔都轻松地夸赞他的优秀，感慨他超乎常人的好成绩，说他无论做什么都一定能成功。

可在所有"理所当然"和"超神"的后面，顾斯塔也只是一个脚踏实地一步步走在路上的人，他并不是生下来就在罗马，他跟每个人都一样需要慢慢走向罗马。

一道道认真积累的题目，一天天早晚学习的努力，他或许确实有天赋，但支撑他走得更远的，是他的勤奋自律和他对自我的了解和信任。

许芒知道，自己翻开的不只是简单的学习笔记，而是顾斯塔的三年，是他一点一滴、一笔一画记录下的过程。

是在取得所有耀眼成就之前，做任何事时都要经历的、最寻常的过程。

人们在启程时好像总会确定一个目的地，会奔着某个结果而不断努力。结局往往都是重要的，大家会留意终点处的成败，谁赢了、谁输了，谁获得了什么荣耀、谁又惜败错过……顾斯塔是那个永远以成功姿态站在终点的人，大家都习惯仰视他的光环，所以没有人发现他也一直走在路上，其实他也跟他们一样走过了很长的路。

荣誉和光芒引人注目，但是遥远的。过程和背影总是普通寻常，却能更近地了解一个人。比起顾斯塔获得过怎样优异的成绩，许芒记忆里更深刻的是他对自己的帮助，是他随手捡起垃圾的习惯性动作，是他坚定独行的背影。

看着顾斯塔的笔记本，许芒忽然明白了一件事——

生活都是一样的，没有过程就不会有结果。是过程造就了结果，而不是结果决定了一切。

高考失利不能磨灭她高中三年的努力，任何一次考试失败都不能否定她的能力，因为不管最后的结局怎么样，过程都在那里，走过的路不会被忘记。

遗憾绝对不会都是遗憾，在遗憾里一定也有闪耀的存在。与其说她在弥补遗憾，不如说她在接受遗憾，在重新拾起遗憾里的美好。

复读的最后一个学期里，许芒经常翻看顾斯塔本子里记下的题目，从"1"到"1573"，从春天到夏天，从周考到联考。

与看他演讲时提到的书不同，这一次她看的每个字都由他亲手写下，她能更深切地感受到每个问题背后他的思考和解答。仿佛他此刻就在她身边，跟她一起走向高考。

看着顾斯塔笔下沉甸充实的三年，许芒比任何时候都更珍惜着自己最后的半年。

时间总是往前，转眼就是五月，距离高考只剩一个月，五四青年节晚会是高三最后一场可以放松的活动。学校特意把高三的位置安排在舞台正对面，用五四晚会为高三考生庆祝送考。

许芒还记得去年的五四晚会一班和二班的座位排在一起，她恰好坐在顾斯塔斜后方，所以在看每个节目时她都会忍不住悄悄看他几眼。

做一个隐秘的观察者久了，也练就了一身本领，每次察觉到他有丝毫动静她都能迅速移开视线，看向舞台或者低头默背手里拿的单词本。

单词在特定的环境下形成了特别的记忆，她那天刚好背到了两个短语 in secret 和 in private，意思是隐秘地、私下地，固定搭配的介词都是 in 这一点她到现在也没忘，in 有"在……之中"的意思，或许她早在自己不知道的时候就已经存在于隐秘的情感之中了。

五四晚会中途某个节目结束后有一群人举着旗子从一班、二班之间走过，拿旗杆的人没注意，手里的旗杆末尾差点打到顾斯塔，许芒本能地站起身伸手握住了那根旗杆。拿旗的人回头看她，很快意识到自己拿杆动作的不妥，连连道歉着摆正了旗杆，将其竖立拿稳。

听到声音的顾斯塔大概也回头了，暮色浓重灯光朦胧，许芒没有抬眸看他，只是简单地对拿旗的人摆手说没关系。

舞台上的大屏幕展示起精心制作的炫酷画面，音箱喇叭清晰响亮，介绍着接下来即将播放高三优秀毕业生加油视频。她装作无事发生地坐回位置，目光从前方扫过，跟所有人包括他一同看向屏幕……

今年的加油视频依然是关注度最高的环节，所有高三生的目光都被吸引了过去。

许芒跟着大家一起仰头，这一次余光里斜前方没有熟悉的身影了，但他会出现在大屏里。之后很长一段时间里许芒都清楚地记得屏幕里顾斯塔对着镜头说话的场景。

因为隔着屏幕，所以可以不加掩饰、不躲闪地直视他的脸，她认真地看着他漂亮的桃花眼、额前稍长至眉骨的碎发，以及说话时轻启的淡色唇瓣。

"物理学里有个概念叫'量子纠缠'，意思是两颗粒子即使相距很远但也能相互影响。

"虽然我们素不相识，但还是希望我能为你应援打气。

"高考加油。"他对镜头说，对他们说。

屏幕里的画面切换，每个人都在祝福大家高考顺利，许芒保持坐直的姿势久久地望着大屏，脑海里还是顾斯塔刚才说过的话。

林景恺侧头看向坐在自己旁边一眨不眨的人，终于读懂了她眼底的光亮从何而来。

那是隐在光芒背后的，藏在黑夜里比遥远渺小的星辰更加微弱的存在，是不为人知的秘密，有些时候或许本人也不知道。林景恺想赌一把，赌她的谨慎在意，赌她的理智压抑，赌她不够勇敢。

"你有在意的人吗？"他忽然问她。

过去那个一直以来都将感情藏在心底害怕别人发现，甚至连自己也不敢承认的许芒好像在本能地摇头说不。但现在的许芒已经不怕那场好像只淋在她一个人身上的雨了，越是走进雨里，她越是明白了眼前的方向。

"对。"许芒毫不犹豫地点头肯定，每个字都说得认真，"我有在意的人了，一个非常在意的人。"

晚会灯光点点映目，她脸上的笑容轻松自在，比作业全做对、考试拿第一时更真诚开怀。

那是真实面对自我、接受自我的释怀。

林景恺赌输了，她比他勇敢。

隐秘的感情从说出口的那刻起被擦去灰尘，开始一点点变得明亮。

高考前的最后一次月假，许芒先收拾了一些东西回家，免得高考完后需要搬很多。离高考越近，她心底的紧张也越深，这是不可控制的本能反应。但她也有能稍微缓解的办法，比如看诗集或者看顾斯塔的笔记本。

她总是会想起他五四晚会那天说的"量子纠缠"，她比任何人都相信他对自己的影响能够超越距离的遥远，不管是地理上还是现实中的距离。

许芒曾在网上看到一种说法——平行线的定义是没有交点的一组直线，但是在非欧几里得几何学中，平行线也能相交。

那晚她照常翻开顾斯塔的黑壳笔记本，从第一页重新看起，这才注意到扉页旁的本子外壳夹层里有一张纸片。许芒小心地将纸片抽了出来，上面是关于他的三行信息和一句说明。

顾斯塔

宁江中学高 2016 级一班

2052 ＊ ＊ ＊ ＊ 0113

如有问题欢迎提问。

大概算是某种"售后服务"，顾斯塔在学习笔记里留下了自己的联系方式。

平行线就这样在不经意间相交，许芒果断地抓住了这个"交点"。她用手机添加了纸片上的联系方式，填的验证备注是一个她很好奇的、与学习笔记无关的问题：高考那晚你离开教室后去做了什么？

不管她未来是否能考上临大，不管他们是否还有交集，不管他是否回答……这些对许芒来说好像都已经不重要了。

因为她已经勇敢地迈出了最关键的第一步。

就在她刚打算放下手机时，屏幕上的对话框显示"ST 通过了你的验证申请"。许芒没想到顾斯塔会那么快通过申请，更没想到他真的会回答她提的问题。

ST：我去听自己的声音了。

夜晚安静得只能听到自己的心跳声，她坐在床上呆呆地双手捧着手机。打开的窗外有晚风吹过，一阵阵轻柔地掀动着窗帘，像蝴蝶在扇动翅膀，像平行线在一次次相交。

熟悉的晚风和心底的触动，让许芒想起她曾在一个相似的夜晚看到过他，那是去年高三最后一次模拟考之后的晚自习。

临近高考的晚自习总是燥热，尤其才刚刚结束最后一场考试，教室里大家闹得不停，有无数声音交织在一起：对答案估分的声音，讨论题目的声音，担忧高考的声音……

每次在这种环境里，许芒都会控制不住地感到焦躁不安，正好许澜说下班后给她送了东西到学校，所以她直接跟班长请假去校门口拿东西了。

离开教室后，整个世界都变得安静平和了很多，迎面吹来的晚风好像能把一切焦虑都带走，许芒放慢脚步感受着久违的放松，像这样偶尔能喘息的时刻有一次也好，她想暂时忘记考试和分数。晚自习大家总是得坐在教室里，结束后也基本上直接回宿舍睡觉，很少有机会在晚上逛校园，既然都出来了，她决定再放肆一点点，逛一圈再回去。

顺着斜坡大道慢慢往下走，她静静地看着四周，看远处灯火通明的教学楼，看底下空荡无人的足球场，看头顶一颗星星都没有的漆黑夜空。不知道什么时候开始心底又莫名升起一种凄凉感，空荡的内心很容易被迷茫的未来占据。

出来本是为了逃离焦虑的，没想到才过了一会儿又开始想高考了。估计绝大部分高三生都很难有真正放松的时刻，许芒耷拉下肩膀无奈地轻声叹了口气，又想起自己还没整理完的错题，便没心情再闲逛了，不得不加快自己沉重的脚步，打算麻利地拿完东西回教室争分夺秒搞学习。

在门卫处顺利拿到许澜寄存的东西，保安叔叔笑着说她妈妈真好，每次都送一堆吃的来，还让许芒一定要好好学习将来回报父母。

许芒点头道谢后转身回教学楼，没有原路返回，而是选择走路程更短的楼梯道回去。刚才听到的话一遍遍在脑里反复响起，许芒一股劲埋头往前走。

但着急地爬了一半的楼梯后她就累了，手里沉重的水果和书本在掌心勒出了红痕，疼痛和疲惫一起袭上心头。

无法放下手里沉甸甸的重量，许芒停在半路顿了会儿才垂下脑袋转身看向已经走过的阶梯，默默将毫无焦距的视线再投远一些，无意中发现足球场旁边的草坪上坐了一个人。

偌大的沉寂校园里，原来除了她以外还有人也在静默地独处着。

好奇心使然，她走到一边的栏杆处往下看，走近一些后心底的熟悉感越来越深。虽然操场边缘的灯光昏暗模糊，但许芒还是认出了那个背靠大树随意坐在草坪里的人确实是顾斯塔。很神奇，不管他们相距多远，她总能清楚无误地认出他。

他身后的那棵枝繁叶茂的大树又高又壮，仿佛能遮住半边黑夜，光是立在那里就无比踏实可靠，衬得坐在它旁边的顾斯塔是那么清瘦单薄。那是许芒第一次觉得他离自己很近，仿佛伸手就能碰到他。

不知不觉向空中伸出了手，白皙掌心的红痕醒目，许芒就这样隔着遥远的距离错位摸了摸他的脑袋。想抚慰他，也想抚慰沉闷的自己。

望着独自坐在树下的顾斯塔，她终于明白每个人都需要时间与情绪共处，所有情绪的存在都是真实的，她接受了。

顾斯塔说"我去听自己的声音了",她好像能想象到,大概高考那晚他也是这样默默坐在树下与情绪共处。

手机的振动唤醒了沉浸在回忆里的许芒,她之前定了闹钟提醒自己刷题,现在已经到点了。

手指点动屏幕将闹钟关掉,她把自己拉回现实,克制住心底的悸动在聊天框里认真地打字回复:我知道了,谢谢。

那是五月底的夜晚,距离高考只剩一周时间。

ST:高考加油。

刚降温冷却完的心跳收到消息后忍不住又开始跃动,这明明只是很简单的一句话,但许芒还是觉得很开心。没再一味压制情绪,她兴奋地下床踩着拖鞋走到桌边坐下,将手肘搭在摊开的卷子上,在台灯下认真挑选一个"好的"表情包发了过去。

然后她果断地放下手机开始刷题,旁边镜子里她的唇角一直上扬着,做题的效率比以往都高,连闭上眼睡觉时心情也是雀跃的。没有焦虑得睡不着的胡思乱想,没有喘不过气来的紧张压力,她久违地睡了一个好觉。不管还剩几天高考,不管最后的结果怎么样,她只想单纯地享受当下的满足与快乐。

"人生活的是几个瞬间。"她会记住这些瞬间的,他通过她的好友申请,他说,高考加油。

第二天返校回到教室。最后一周,班主任格外强调大家的饮食和作息,让大家调整心态平静备考。课表也停了更新,全部变成自习课，放任大家自由安排复习时间。

林景恺前排的宋琳特意跟他换了座位，坐到许芒旁边将这段时间积累的问题一口气拿出来向她请教。

许芒深知帮助别人的同时也是帮助自己，所以尽她所能把每个题都讲得详细，自己也从中复习运用了一些知识和解题思路。被换到前排的林景恺没闲着，时不时就转过头跟着听一听她讲题，偶尔也会活跃气氛找她们聊上几句。

课间，宋琳说想去小卖部买点零食吃起身出了教室，许芒独自坐着刷题。

"许芒。"林景恺照常往后靠，懒懒地倚着课桌叫她。

她本能地循声抬头，正想问他怎么了，下一秒就看到自己被框入了他的手机镜头。林景恺开着前置相机，就这样抓拍了一张他们的合照。

一系列动作快得让她根本来不及有什么反应。

"谁让拍毕业照的时候你一直不愿意跟我合影，那我当然只能自己想办法了。"林景恺心满意足地收起手机，笑得一脸灿烂。

原来是为了拍合照留念，许芒去年也想过要不要去楼下拍一张顾斯塔的证件照留作纪念，但也只是短暂地想了一下，最后还是没有付诸实际行动。直到后来收到学校发的纪念册，她翻开来看才发现厚厚的一本里面有整个年级所有人的照片。

顾斯塔很好找，他给的照片是楼下公告栏常年张贴的那张证件照，很意外也很惊喜，再往前翻，她的视线停留在某页的几张合照上。

想到这里，许芒回神一脸认真地跟林景恺说："我们有合影的，学校会发一本年级纪念册，我们一起上台领奖的照片都在里面。"

"我也看过往届的纪念册，怎么从来没注意到有大家领奖的合照……"说着说着，好像意识到了什么，林景恺渐渐噤声了。

虽然很想让他删掉照片，但许芒知道他肯定不会听她的话。因此她没有浪费时间，只是抬笔戳了下他的背示意他转回去，语气淡漠地警告道："再这样我就跟老师说你没交手机了。"

"你不会打小报告的。"他笑。

在指间流畅地转着笔，笔杆划出漂亮的弧度，许芒跟他一样扯起唇角："但我会打大报告。"

盯着她脸上的笑容，林景恺心底某处有些痒，干脆直接转过身正对着她坐好，神色无意识变得认真了起来。

感觉到他有话要说，许芒放下了手里转的笔。

"我可以问问你为什么决定复读吗？"他看似毫无预兆地问，却是在意她刚才提起的合照才问的。

其实这个问题林景恺从最开始关注到她的时候就很好奇了，可一直没能问出口，直到后面发现了她隐秘的感情。他想或许这就是答案，但也可能不是，因此想亲口问问她。

时间线倒退回决定复读的那天，许芒从一场再真实不过的梦里醒来。

那天她看到群里大家在聊顾斯塔，于是想起了自己心底的这份感情，想起了自己曾经想过要跟他考同一所大学。但与其说是因为他……她坚定地说："我是为了自己复读的。"

因为不想被自己预设的"命运"困住、不想给自己留下遗憾和不甘、不想失去选择的勇气、不想留在那场梦里，所以她复读了。

时至今日，许芒即将走完复读的这趟旅程，努力的日常和成长了的心态都在告诉她，这段路走得很值得。她真实地面对了自我，接受自己身上的缺点、接受高考失利、接受自己的各种情绪……在接受之后变得更加了解自我、相信自我，这是她最大的收获。

她已经学会了如何与自我相处。

就像顾斯塔说的那样，她学会了聆听自己心底的声音。

六月，高考如约而至。

这场盛大而郑重的考试总是会成为高三考生回忆里浓墨重彩的一笔，不管结局如何，大家都曾共同经历，都会在以后的某个六月回想起来。

两天的考试比想象中更短暂，走过之后回头看才发现，其实一切都过得很快，她的高中三年和复读一年在高考结束的那瞬间被时间一起折叠起来。

第一天考完后只上两节晚自习，大家可以提前回宿舍休息。许芒和宋琳没有跟着人群回去，而是朝反方向走去，顺着斜坡往下逆风而行。在争分夺秒的复习之外、在被焦虑不安浸湿之前，除了她们也有其他学生走到下面的足球场散步聊天。

因为亲身经历过一次，所以许芒知道在此刻稳住心态有多么重要，仰头看向头顶黑沉沉的天空，她忍不住想起了上次跟宋琳一起躺在垫子上看到的蔚蓝天空，心底一瞬间变得明朗了很多，被美好的回忆填满。

"夜空好美。"

走在她身边的宋琳循声一起仰起头，大概也是想到了那天，宋琳笑着点头说："好久没有看到那么美的夜空了。"

她们一路慢慢地走到了楼梯大道与斜坡交汇的地方，每次看到学校里这道漫长向上的阶梯，许芒都会觉得好高，走上去肯定很累。

宋琳注意到许芒的视线，出声提议道："我们从这里走回去吧。"

"好。"许芒应声同意。

于是两个人开始一级台阶一级台阶往上走，爬到一半的时候不约而同地停了下来。

"是不是太累了？"宋琳轻喘着气说，开始有点后悔自己的提议了。

许芒没顺着她的话说，只是忽然问她："你知道这里一共有多少个台阶吗？

"一百一十三个。"许芒自问自答，"我数过很多次，都是一百一十三，每次走到一半都会忍不住停下来。

"这一路真的很累，"许芒说，"但是回头看会觉得很踏实。"

说着，她们一起转身往后看。大课间围着跑操时觉得很大的足球场此刻也变得渺小，好像一只手就能盖住。站在高处向下看，回忆一点点重新浮现在眼前。许芒想起了第一次在人群中看到顾斯塔的场景，想起了每次跑操时不远处他的背影，想到了那天晚上独自坐在大树边单薄的他。

复读跟爬楼梯一样，看上去就很难很累。事实上这一年也确实很不容易，成绩和心态都在起起伏伏中承受着艰难的历练，但是回头看她又拥有了很多新的回忆——刚开学时顾斯塔的优秀学生发言、新学期顾斯塔的返校宣讲与笔记本、五四晚会顾斯塔的高考加油视频……还有此时此刻站在她身边的宋琳。

"一直以来你都做得很好，以后也能继续这样下去的。"宋琳的双眸真诚坚定，"这句话是你告诉我的，我一直都记得。我们都能继续走下去的。"

往前走，生活里总会有美好难忘的存在。

茫茫黑夜里，两道身影在漫长的楼梯道上继续移动着。

白天又黑夜，高考结束了。

老实说，许芒觉得自己是幸运的，第二次高考跟第一次比起来真的顺利了太多。这一次她没被任何东西影响，也没被自己的紧张和焦虑淹没，心底想的是哪怕这次还是没考上临大也没关系，因为这段纯粹为自己而努力走过的路不会被忘记，不管结果如何，她都会继续认真地生活下去。

当然这一切不是为了别人，只是为了自己以后，"剧场"消失了，"观众"对她来说不重要了，脚底一直艰难走着的"钢丝"也变成了平坦寻常的大道。

高考不再是她曾经期盼又害怕的尽头，而只是人生中的一个分岔路口，无论走哪个方向都能继续往前走。

她像以往的每次考试一样按照自己的节奏答题，平稳地走过了第二次高考，顺利解出了去年由于时间安排不当而根本没来得及做的物理压轴题，那道顾斯塔记在物理笔记本里的最后一题——第1573道题。

据说这次高考物理压轴题的难度挺大的，但许芒还是做出来了。不知道是不是因为她对顾斯塔学习的笔记研究得透彻，以至于熟悉了各种压轴题，她一看到题目就很顺利地找到了解题思路。

物理在不知不觉中成为许芒离不开的东西，她对物理很感兴趣并且非常喜欢。喜欢物理如诗歌一样的浪漫，也喜欢物理广袤无垠的神秘，喜欢物理总是在带来崭新的概念。

所以当得知自己的高考成绩可以报临港大学时，许芒毫不犹豫地将物理填作第一志愿。许澜当然提出了反对意见，她跟大多数人一样觉得物理的发展前景不如别的专业，要求许芒改成其他热门专业。

大多数时候许芒习惯听许澜的话，听话懂事是她身上的标签。但自从上次她们关于复读的事吵了一架后，许芒开始不惧怕与她意见不同了，她已经知道了该怎么坚持自我，也知道许澜其实并不会真的强迫她控制她做选择。

复读的一年也让她明白了这世界上除了自己，没有任何人能控制自己的人生，选择权一直都在自己手里。

这一次许芒没有跟许澜争吵，而是认真地去了解物理专业未来的就业方向，非常诚恳地跟许澜说了自己的想法。虽然过程有些许曲折，但许芒最后还是如愿被临大物理系录取了。

林景恺也考上了临港大学，他选的是计算机专业。

开学报到之前他特意找她聊天问：你买什么时候的票去临港？要不咱们一起去学校报到？

高考出成绩后，许芒的爸爸许志勋给她打过一次电话，说她复读一年辛苦了，考得好也不能忘记父母的付出。说他在外地工作很忙不能回来送她去学校，只能由她们母女自己去了。还让她记得多听妈妈的话。从小到大他对她说得最多的话也是这一句。

没再多想自己那个常年都看不到的爸爸，许芒回复林景恺：

我和家人一起。

手指飞速点动打字，房间外林阁凯询问的声音打断了林景恺手里的动作："儿子，看好时间了吗？咱们一家人好订票送你去学校。"

光想着跟她一起去学校报到了，林景恺都忘了自己也有家人要陪着去，最后只能有些可惜地回：那我们学校见！

尽管已经知道许芒的目标是谁了，也知道她跟那个人一样报了物理专业，但林景恺还是想试一试。暗恋或多或少会受伤不是吗？在那个人知道之前始终只有自己知道的这份感情，总会在不经意间受伤的。他相信自己比那个人更了解她，也相信自己能在她受伤时及时帮助她。

就像她勇敢地向那个人靠近一样，他也想继续留在她身边。

除了林景恺，孙峻也在报到前联系了许芒，问她什么时候到学校，他去接她。虽然他们以前做过两年同桌，但许芒还是不好意思麻烦他，所以婉拒并且表示了感谢。

在收到别人联系的同时，暑假期间许芒也想过要不要主动联系顾斯塔，但是每次停在聊天界面都不知道该说什么。感谢他的学习笔记，然后告诉他自己也报了临大物理系吗？还是向他表示一直以来他对自己的影响，然后直接大胆地表达自己的心意？

…………

想说的话很多，却一个字也不敢发过去。

隔着网络好像总是少了什么，她想来想去还是决定未来有机会的话再在现实中表达。毕竟他们现在还只是"素不相识"的两个人，他是她最熟悉的陌生人，而他或许根本就不认识她。

暑假在起伏不定的犹豫纠结中无声结束，临港大学开学报到的日子到来。当天许澜和许芒起了个大早，拖着整理好的行李箱出门，可刚到楼下许澜突然接到公司的电话，临时有重要的事要她去处理。

许芒从小就已经习惯了父母的忙碌，她表示理解，说可以自己去学校报到。

本来她只打算拿一个行李箱的，但许澜整理东西的时候坚持多拿一个，说反正要送她到学校……总之，最后就是许芒一个人带着两个行李箱坐上高铁，然后艰难地打车到了临港大学。

八月底的临港天气多变，闷热的阴天转眼就开始下雨了。

拿着两个行李箱手都不够用的许芒只觉得自己有些过于倒霉，她手足无措地从书包里掏伞，但就在这时身后突然传来一道熟悉的声音，好像在喊她的名字。

没有人知道许芒曾在学校官网里下载了今年的高考加油视频，她一个人悄悄听了很多遍，将"量子纠缠"和"高考加油"全部记在心中。所以当他的声音在现实中响起时，她像天线一样敏锐地捕捉辨认出了他的声线。

那么真切，却又那么不可思议。

淅沥的雨声是纯净的背景音，听觉格外明晰。许芒动作迟缓地转头，隔着朦胧的细雨看见了从校门口走向她的人。

高挺的身形，漂亮的五官，撑着伞的手骨节分明。

小雨绵延细密，那个只存在于她纪念册合影里的人就这样一步步向她靠近，顾斯塔将伞举到她的头顶。四目相对中，他的唇瓣轻启，准确地念出她的名字——

"许芒。"

那一刻不知道是不是因为有雨水落入眼眸，许芒忽然觉得眼眶变得有些湿润。

Mangde
Sita

第六章

靠近的遥远

许芒不知道该怎么形容她听到顾斯塔念出自己名字时的感觉，她的大脑里一片空白，当时直接愣在了原地，从书包拿伞的动作也停住了，只是在他不算宽大的伞下微仰头一眨不眨地望向他。

　　看出她的迟疑，顾斯塔第一反应不是解释他为什么知道她的名字，而是先认真地启唇向她介绍自己："我叫顾斯塔，宁江中学高2016级一班的毕业生，现在就读于临大物理系。"

　　他垂下视线顿了会儿才又补了一句："我们应该见过面。"

　　顾斯塔是以肯定的陈述口吻说出这句话的，加上"应该"二字好像更多是因为不确定她记不记得他。

　　过去的一个暑假里，许芒曾经想过很多种他们见面的场景，想象中无一例外都是她主动找理由靠近顾斯塔跟他打招呼的，从来没想过会是他先叫住她、他先跟她进行自我介绍。她怎么可能不认识他呢？

　　"我知道你。"许芒下意识地出声接话。

　　对上他清澈漂亮的双眸后，她的呼吸不自觉滞了瞬，后知后觉地发现自己说得太过肯定,她很快平复呼吸解释道:"你返校宣讲时送学习笔记抽中了我。"

既然提到了这个,现在正好可以亲口向他表示感激,她拘谨地朝他微鞠了个躬无比真挚地道谢:"谢谢你的笔记本。"

大概是因为她道谢得有些突然,顾斯塔不太自在地握紧手里的伞,不留痕迹地将伞向她倾了些,挡住她有部分被雨淋到的行李箱,清冽的嗓音低磁:"没关系,能帮到你就好。"

抬眸注意到他的肩头落了雨点,许芒这才想起来外面还在下雨,急忙低头从包里拿出了伞给自己撑上。

两个人的距离由此被两把伞拉开了一点,顾斯塔依然站在原地没动。

跟他的距离没那么近之后,许芒身上的紧张减弱了不少,大脑也重新恢复了运作,反应慢半拍地意识到顾斯塔还没说他为什么会在这里,而且为什么认识她。

原本淅沥的小雨变大了些,伞面上雨声啪啦,跟心跳声一样杂乱无章。

像是知道她在想什么,顾斯塔适时出声说明道:"孙峻之前跟我提到过你,说你报了物理专业。

"我是今年物理系开学报到的志愿者。"说着他自然地向她伸出手,在拿她的行李箱之前礼貌询问了句,"要不我帮你拿行李箱带你先去报到?"

没想到本让许芒烦恼的两个行李箱现在反而成为连接他们的东西，连雨也下得刚刚好。她单手撑伞只能拖一个行李箱，完全没有理由拒绝他的帮助。因此，许芒点头道谢后将比较轻的行李箱给了他。

两个人交递行李箱时雨伞稍微重叠，顾斯塔动作小心地把伞举得高些避免戳到她，等到她将手从行李箱拉柄上移开后才伸手握上拉柄。他就这样拖着她的行李箱以合适的步伐走在前面，在雨幕中带她走进了校门。

这是许芒从未想过的开场，她刚好在校门口遇到他，而他刚好认出了她。一切发生得那么自然合理，他刚好是志愿者，她刚好是物理系新生。

望着眼前再熟悉不过的背影，许芒觉得自己真的很幸运——能够在平凡的青春里喜欢上一个给自己带来无数积极影响的人，能够在失败后鼓起勇气努力重来一次，能够恰好喜欢上物理，能够刚刚好与他相遇。

此时此刻，连身边的小雨也成为她难以忘记的一部分。原来在下雨天报到也没有那么糟糕，暗恋并不是一件没有希望的事，相反它总是能给她带来新的体验，每靠近一点都能点亮心底的某个角落。

许芒曾经觉得遥不可及的顾斯塔此刻就在她面前撑着伞回头，主动向她介绍着学校："前面是第一教学楼。"

雨帘细密，顾斯塔回眸的瞬间，她心底像雨滴落在水面激起涟漪，一圈一圈向外缓慢扩散。他漆黑的眸色被空中的水汽氤氲得更深，漂亮的桃花眼温柔细腻，五官精致优越得仿佛一幅画。

　　无论看过多少次还是会忍不住感慨，他真的很漂亮。

　　察觉到她的停顿，顾斯塔跟着一起放慢了脚步。想着她有可能是因为周围的雨声而听不清自己说的话，他后退几步走到了她身边，将伞抬高示意："一教对面的是二教。"

　　"嗯。"许芒回神看向他指的方向——他离自己真的好近，心脏又开始不听话地跃动，一下又一下。

　　整段路基本上都是顾斯塔在简单地介绍经过的建筑，她大多时候只是应声，没有贸然找话题聊天，也没有提什么问题，安安静静地走在他旁边。

　　听着雨声，听着他的脚步声，听着行李箱滚轮的声音，还有自己的心跳声。

　　到物理楼门口的时候，顾斯塔顺手从她手里接过雨伞收起来一同放在旁边的伞架上，让她去登记信息领新生礼包，自己则双手帮忙拖行李箱跟在她身后。总觉得太麻烦他的许芒三步一回头，他忍不住扬起笑示意她没关系。

　　他微扬的唇角好看，简直笑得有些犯规。她转回头没敢再看他，默默发散着自己两颊的热气，转移注意力去登记信息了。

　　新生报到处的学长大概跟顾斯塔是同学，见到他自然熟络地出声打趣："我说怎么今天都没看到'顾美人'，原来去校门口接新生了。"

目光顺着顾斯塔的视线落在自己桌前低头填信息的女生身上，宋楠不由得多看了她几眼，高马尾顺着肩头滑落，露出的后颈白皙纤细，纸上的字体小巧娟丽。

等到许芒放下笔抬头，宋楠第一句话就是："学妹，加个微信吗？"

没等她出声拒绝，身后的顾斯塔直接走了过来，语气平淡却能听出护短的意思："不用搭理他。"说着他径直动手接替了宋楠的活，伸手帮许芒拿好了新生礼包和校园卡，连拍照的活也一并揽了下来。

顾斯塔拿起桌上的拍立得相机，温柔地对许芒说："你可以站在学院海报前，我帮你拍一张照片留作纪念。"

"去吧去吧，不要害羞，每个新生都要拍的。"宋楠在一边瞎起哄，"但可不是每个人都是由'顾美人'拍噢！"

顾斯塔有些无奈地牵起笑，扭头看了眼话多的某人，宋楠识趣地抬手在嘴边比了个拉上拉链的动作。

另一边不知道该怎么拒绝的许芒只能硬着头皮站到了海报前面，顾斯塔转回头看向她时脸上还带着笑容，本就好看的面容变得更吸引人。

他将相机举到眼前，认真聚焦对准她。许芒看着他脸上漂亮的笑容，一时间忘记了要看向镜头。顾斯塔唇角的弧度不易察觉地更深了些，手指摁下快门。

"咔嚓——"

拍立得缓慢从相机吐出，许芒愣了会儿才意识到已经拍完了，满脑子还是他刚才过分好看的笑容。不用想也知道自己没看镜头，她暗自期盼他没发现自己在看他。

看了眼刚洗出来的照片，顾斯塔轻柔地笑着将手里的拍立得递给了她。

许芒的耳根不自觉地泛红发热，没敢看他的表情，低头接过照片快速放进了包里。

顾斯塔将她的小动作尽收眼底，掩住笑意将她的东西一并拿上："我送你回宿舍。"

于是，两个人又继续撑起伞拖着行李箱在校园里穿梭。走到雨中才觉得空气畅快了些，许芒跟在顾斯塔身后默默整理着自己心底的悸动。

路过男生宿舍的时候，突然有人叫了声她的名字，注意力都在脚下的许芒没听到，反倒是顾斯塔先停下脚步，循声回头看了过去。

他们就这样隔着雨幕对视上。看清跟在许芒身边的人是谁后，林景恺果断跟家里人说了声有事，伞也没拿直接淋着雨朝他们小跑过来，略带侵略性地钻进了许芒的伞下。

压根没听到他叫她名字的许芒被突然冒出来的人吓了一跳："林景恺？你怎么在这儿？"

"咱们不是说好学校见的吗？"林景恺笑着伸手抹了把脸上的雨珠，垂眸握住她的行李箱拉柄，"你住几号楼？我帮你拿过去。"

"没事，我可以自己拿……"许芒本来想让他从哪儿来回哪儿去的，看到他微湿的衣服和发梢才发现他没带伞。

"你看雨那么大，我送你过去，你也刚好顺便捎我一程。"林景恺的算盘打得响亮，笑容却明亮无害，"待会儿把伞借我回去就成。"

许芒不知道他是从哪儿来的，但顾斯塔刚才看得很清楚，听到这里也大概知道他抱着什么心思了。

"许芒。"顾斯塔在身后念了声她的名字，从替她拿着的新生礼包里拿出了物理学院送的伞，"可以拿这个借给你同学。"

没想到学院给的新生礼包那么贴心，许芒接过伞递给林景恺："记得还我。"

林景恺没有立马接过伞，而是看向神色平静的顾斯塔，顾斯塔似乎只是恰好提出意见想要帮忙，但他的直觉告诉他顾斯塔并没有看上去那么简单。

见他直勾勾地看着顾斯塔，许芒不知道他在想什么，还没出声问就听到他跟顾斯塔自我介绍道："我叫林景恺，是许芒的朋友。"

"你好。"顾斯塔点头致意，漂亮的脸上表情未变，没跟他一样介绍自己，只是平淡地出声提醒，"你家人好像在等你。"

林阁凯没听林景恺的话先上去，站在男生宿舍楼下伸长脖子看向他们，好奇自家儿子跑去找谁了。

话都说到这个份上，林景恺也不好再坚持送许芒了，只能接过她手里的伞，临走前留下一句："晚上一起吃饭吧，我到时候还伞给你。"

说完他没等她回复，自顾自撑着伞离开了。

难道他是特意淋雨过来找自己借伞的？许芒忘了自己拒绝他帮忙的事，只记得他没带伞。虽然没转过弯来但也隐隐觉得有哪里不太对，还没来得及深想，旁边的顾斯塔就叫上她走了："你住的宿舍楼还要往前走。"

"好。"许芒应声跟上他。这一路她主要想的还是该怎么感谢顾斯塔今天的帮助，又是帮忙拿行李箱又是带她报到的，他真的帮了她太多。

尽管今天新生开学男性也可以进宿舍，顾斯塔还是礼貌地将她送到宿舍楼下就止步了。两个人分开时许芒连连向他道谢，并且提出如果他有什么需要帮忙的话也可以找她。

撑起伞重新走进雨里，顾斯塔本来已经打算要走了，想起什么突然停住了脚步。

站在原地目送他离开的许芒不明所以地看着他的背影，以为他是因为察觉到了自己的视线才停下的，她正打算拎着东西进楼，下一秒，顾斯塔毫无预兆地转身问她："你今天傍晚有空吗？"

许芒的动作顿住，不自觉地收紧搭在行李箱上的手，飞速在脑里消化他刚才说的话，一时半会儿忘记了要回答他的问题。

"有一个实验被试不知道你可以帮忙吗？"

他小心询问的声音将她唤回现实，许芒这才急忙点头同意："可以。"

"谢谢。"顾斯塔双眸透亮，扬起笑跟她道谢，"我晚点联系你。"

说完，他转身撑着伞走远了，仔细看的话能发现他的脚步比之前快了一些，像是压制着某种雀跃。

沉浸在思绪里的许芒没注意那么多，只是有些呆滞地继续站在宿舍门口望向雨幕，潮湿的空气让一切都变得朦胧模糊。

他们之间的交集好像又自然地往外延伸了一点，她的心率大概从来没有像今天那么波澜过，从遇到顾斯塔的那刻起就已经乱了。

回到宿舍一边整理东西一边平复心情，许芒冷静下来后才突然想起来他们没有加联系方式，准确来说是加了但她不确定顾斯塔是否知道那个人就是她。保险起见，她还是点开了他们停在"高考加油"上的聊天框，主动发了条消息过去。

芒果芒：你好，我是许芒。

发完后她握着手机坐在椅子上紧张地盯着顶部显示的"对方正在输入中"，不知道他打算回什么。他打字的时间比想象中更长，过了好一会儿她才收到他的消息。

ST：我们待会儿四点半在图书馆门口见可以吗？

许芒第一时间秒回：好的。

许芒跟新室友们简单认识了一下，又把东西整理完，差不多四点出了门。

她算了下时间，大概能提前五分钟到图书馆。

没想到顾斯塔居然到得比她还早，隔了老远，许芒就认出了他熟悉的身形。

雨后的傍晚带着未散的濡湿，地面零星散落着积雨的水洼，她没管脚下的路连着踩了好几个水坑，径直加快步伐向他走去。

因为紧张和刚才的小跑所以呼吸有些急促，许芒停下后缓了两口气才出声："你来得好早。"

"我刚才一直在图书馆，"顾斯塔随意自然道，"正好出来换换脑。"

他带着歉意认真地说道："麻烦你了，开学第一天就让你帮忙。"

"没关系，你今天也帮了我很多。"许芒摆手示意。

两个人礼貌客套了几句，顾斯塔看她休息得差不多后就带着她去图书馆旁边的人文楼，在路上跟她说了下实验的内容。是一个简单的眼动实验，只需要完成电路是非题的判断即可，大概半小时就弄完了。

结束后正好是饭点，做实验的研究生学长为了感谢他们的帮忙说要请他们吃火锅。顾斯塔估计和他挺熟的，所以没有出声拒绝，许芒也就跟着同意了，毕竟能和顾斯塔一起吃饭的机会可遇而不可求。

三个人顺利地到店点餐，许芒坐在座位上迟缓地回顾着这比梦还不真实的一天，不仅跟顾斯塔在一起那么久，最后还一起吃晚饭了。

包里手机的振动打断了许芒的思绪，许芒在他们聊天的间隙看了眼屏幕，是林景恺发来的消息，约她一起吃晚饭。见她还没回，他又补了一条：说好还伞给你的。

他的消息提醒了她之前借伞给他的事，临走前他好像确实说了这样一句话。不过她原本就没答应，哪怕现在没和顾斯塔他们吃饭也一样会拒绝他。

芒果芒：我已经吃过晚饭了，你可以把伞放 10 号楼的楼下。

林景恺先回了一个失落的表情包，像没看到她的消息般略过了她的提议：那我们改天见面再还你。

不知道该回什么所以决定暂时先放下，许芒收起手机继续吃饭。

桌上基本上是他们在聊，学长看她没怎么说话特意向她道谢："今天真的太感谢你了，刚好帮我做完最后一个实验数据。"

"没关系的。"许芒客气地摇头应声。

"话说回来，"学长看向坐在自己对面的两个人，"你们是怎么认识的？"

手里的筷子顿了顿，在许芒绞尽脑汁思考该怎么回答时，旁边的顾斯塔先启唇出声了，语气自然流畅："我们是一个高中的。"

"原来是这样。"学长了然地点头，"怪不得你会找小许帮忙，之前我一直让你帮忙找个女同学做实验被试你都拒绝了，说和其他人不熟。"

学长下结论："高中一个学校的确实会更熟一点。"

许芒没接话，莫名觉得有些心虚。她对顾斯塔确实很熟，但是他……

她正这样乱七八糟地想着，余光里旁边的顾斯塔居然顺着学长的话认真点头了。

"对了，小许，"学长想起什么突然对她说，"我们物理学院的阅读社刚好还缺一个人，你要来参加吗？我和顾斯塔就是参加这个活动认识的。"

"没错。"被提及的顾斯塔应声表示同意，"社团的活动挺有意思的。"

学长沿着顾斯塔的话热情地介绍道："我们社团活动很简单，

就是大家组队看书，分享阅读感悟……"

重点落在顾斯塔也参加了这个社团，与他相关的交点她都会及时抓住。许芒认真倾听，了解完后当即表示自己很感兴趣。

学长就是社长，直接让她进了阅读社。

她的唇角忍不住悄悄上扬，自己好像又成功地靠近了他一点点。

那天过后，许芒的大学生活正式开始了，一切都是新奇而自由的，课程也没有高中那么紧，有很多可以自由安排的时间。

除了阅读社，对诗歌一直很感兴趣的她还参加了学校的诗社。诗社虽然人数不多，但氛围很好，大家会一起分享喜欢的诗句，一起写诗创作交流之类的。

因为顾斯塔在院里没加入学生会或者其他什么部门，所以他们之间少了很多可能有交集的机会。许芒打听了一圈才发现，自己居然在第一天就运气超好地误打误撞进了顾斯塔唯一参加的一个社团活动。

阅读社的人员甚至还是固定的，新学期有个学姐转专业了才有位置空出来，而她恰好因为帮了学长的忙被直接招入。

简直幸运得不能更幸运，许芒都想去买张彩票了。

开学报到的那一天被她认真详细地记在日记本上，并且将顾斯塔给她拍的那张照片夹在了那页留作纪念，每次看到照片都会回想起他笑着将镜头对准她的那个时刻。

他在镜头里看着她，而她看着镜头外的他。

大概是开学第一天跟顾斯塔在一起的时间太长，花掉了她所有的好运，导致后面他们再没有什么交集。学校很大、教室很多、食堂也有好几个，他们根本碰不上面。

盼望着，等待着，物理系阅读社的第一次活动终于在开学半个月后举行了，地点安排在图书馆前面的草坪上。

在宿舍捣腾了一个上午化妆选衣服，许芒翻箱倒柜认真挑选了一条素色棉麻连衣裙。

不过原本紧张的心情在出门见到林景恺后被转移了不少，她看着林景恺好奇道："你怎么在这儿？"

"当然是找你的。"他没好气地说，话音哀怨可怜，"不知道是谁联系了半个月都见不到面。"

"这不是大家都忙嘛……"许芒避开他的视线不好意思地说。其实她不太习惯跟别人维系关系，所以一直都找理由推掉了他的邀约。

跟她已经认识一年的林景恺知道她的性格，点到为止没再继续说下去，现在更主要的问题是她今天这身漂亮的装扮……他装作不经意地问："你要去哪儿吗？"

"噢，对。"心跳声再次回到耳里，她深呼吸了一下才启唇回答，"去参加社团活动。"

还好不是去跟谁见面，林景恺暗自松了口气，忍不住打趣道："你怎么看起来那么紧张呢？"

"很明显吗？"许芒皱巴着脸问。

见到她无意中的可爱模样，他脸上的笑容更大了："是什么社团让你那么在意？"

"阅读社。"

"听起来不该有什么压力才对。"他不理解。

没有解释自己紧张的原因，许芒突然意识到他已经不知不觉地跟着自己一起走了很长一段路，这才想起来还没问他："你来找我有什么事吗？"

"你的伞。"

他话是这样说，但她看了一圈也没看到他拿的伞。

林景恺等她打量完了才笑着继续说："本来打算来找你还伞的，但是忘记带了。"

许芒无话可说。眼见着前面马上到图书馆了，她直接挥手跟他道别："我先去参加活动了。"

"加油啊！"林景恺丝毫不在乎别人的眼光，双手合成喇叭状搭在嘴边朝她的背影大喊。

这一嗓子引来了好几个路人的视线，许芒也没心思紧张了，一个劲地低下头加快脚步。迎面有风吹过，她的裙摆轻轻飘曳。

一路快步走到图书馆门口许芒才发现草坪上铺了野餐垫，阅读社的大家都是坐着的，她今天穿裙子反而有些不太方便。

在她放慢脚步思索之时，顾斯塔迎着阳光向她挥了挥手，示意她可以过去一起坐。

阳光柔和地落在他身上，衬得他的神色更加温柔。

其实许芒本来就想坐他旁边，可又担心直接过去会将心思表露得太明显。直到看他招手，她没再想那么多，毫不犹豫地朝他走去了。

许芒掖着裙角坐下，旁边的顾斯塔贴心地从书包里掏出一件白衬衫递给她。

意识到他是给自己盖在腿上防止走光的，她心底某处又无声陷落了一些，诚挚地道谢并接过了他的衣服。

等人都到齐后，学长先介绍了一下新加入社团的许芒，随后说起这次阅读活动的规则。他给每个人都发了一张卡片，让大家在上面随意写一个英文名字，可以是作家，可以是诗人，也可以是喜欢的学者……所写英文名最有联系的两个人组为一队，一起进行本学期的阅读活动。

在听到学长提到诗人的时候，许芒就决定要写什么了，她握笔在卡片上认真地写下了自己最喜欢的诗人曼德尔施塔姆的英文名"Mandelstam"。

旁边的顾斯塔是在她动笔之后才写的，大家写完名字后把卡片都交给了学长。他整理着准备分组，看到某两张时不由得睁大眼感慨出声："这也太巧了吧？竟然有两个人写了一样的名字！"

闻声，大家也惊讶地看向周围，相互询问彼此写的是谁，都很好奇到底是哪两个人那么有缘分。

许芒安静地看着大家讨论，一点也不觉得会有人跟自己写重名，毕竟曼德尔施塔姆并不算是特别有名的诗人。

"写了 Mandelstam 的人请举手。"学长手握两张卡片念道。

结果太过出人意料，许芒根本没反应过来，直到感受到余光里有人举起了手，她这才缓慢地举起手有些蒙地说："我写的是个诗人。"

"我写的是个物理学家。"熟悉的声音在她耳边响起。

举着的手没放下，许芒沉浸在不可思议里，有些愣地看向自己身边的人，没想到真的那么巧有重名的人，而且写了这个名字的人居然还是顾斯塔。

他总是会让她怀疑概率学的存在。

顾斯塔正好也在侧过头看许芒，看到她惊讶呆滞的表情，他淡淡收回了举起的手，自然地摸了下鼻子，将唇角不易察觉的笑意掩藏得更为仔细。

直到对上顾斯塔那双漂亮的桃花眼，许芒才跟着一起收回手，有种自己好像看了他太久被发现的抓包感，她攥紧手生硬地看向前方。

许芒移开视线后，顾斯塔还看着她。学长没有错过两个人之间短暂的对视，兴致勃勃道："既然写了重名的人，你俩就是天选的第一组了！"

顾斯塔乌黑的鸦睫微垂，掩住眸底的情绪，他郑重认真地侧身向许芒伸出手："你好，队友。"

低垂的视线中，许芒也将手伸了过来，她的手比自己小很多，手指纤细柔软。

两个人礼貌地握手，她学着他的话说："你好，队友。"

这是他们第一次握手，表面上两个人的表情都再自然不过，两手交握的时间很短，礼貌示意后就各自收起了手。

只有许芒知道自己刚才心跳得有多快，他的掌心宽大干燥，几乎能将她的手整个包住。两手相握时她甚至能感觉到他手背微凸的青筋，她也是第一次用自己的指尖感受到了他冷白皮手背上青色血管的触感。

这杂乱的心跳声一直到学长将剩下的人也分完后才渐渐平静下来。

许芒接着聚精会神地听着学长介绍活动的具体内容。

阅读社没有什么复杂严格的要求，两两组队后在一个月内自由商定看完一本书即可，月底大家再聚在一起交流分享每组看的书。

这样的活动的目的主要是想在这个网络迅速发展的时代里能

放缓人们的交往方式，通过书连接起两个人之间的交流，同时促进大家共同阅读的良好氛围。

"好了，现在大家各自和队友商量选书吧。咱们月底再见。"学长笑着起身招呼大家。

短暂的会议结束，大家三三两两地聊着天离开了，周围的热闹也随之散去，但本应该会变得空旷的环境，许芒却莫名觉得只剩下他们两人的空间有些逼仄，连空气都显得稀薄燥热。

默默在心底调整着自己的紧张，许芒将顾斯塔给自己的白衬衫折好拿在手里，再次礼貌地对他道谢："我回去洗了再还给你，真的非常感谢。"

注意到她连视线都不敢落在自己身上，顾斯塔思考着是不是自己看上去太冷漠了，语气不自觉放柔了许多："没关系的。"

他又看了看草坪外不远处的建筑，主动提议道："你有时间吗？我们要不要去图书馆找社团活动一起看的书？"

提起正事，许芒的注意力被转移了一些，她认真地点头同意了。

从草坪去图书馆有一段不算短的楼梯，结为队友的许芒和顾斯塔并肩走着。

想起刚才卡片上的名字，她犹豫了很久还是忍不住向身边的人提出了疑问："你为什么写了那位物理学家？"

顾斯塔不假思索地给出回答："我是从量子力学书上知道这位物理学家的，很喜欢他的名字所以写了他。"他顺着话题侧眸看向她，"你为什么喜欢诗歌？"

许芒没有意识到自己其实根本没提过喜欢诗歌的事，她唯一提到的也只有之前说到的诗人。但她没多想，只是简单回答着他的问题："因为诗歌很自由，有无数种释义和解读，也有无数可能性。"

"你呢？"她也转过头问他，"你为什么喜欢物理？"

"因为物理很美。"顾斯塔说。

他们之间有风吹过，吹起他额前的碎发，吹动他的衣角。风好像栖息在了顾斯塔的眼眸中，每一次眨眼间他的双眸都潋滟明亮。

许芒凝望着身边的他和天际的云，他大概不会知道，说这句话时的他一样很美。

就像曼德尔施塔姆的诗——

　　如今我感到你的存在，

　　比以往任何时候都更强烈，

　　而这一切，一切我所希冀，

　　此刻都分明地在我眼前。

那天他们一起走进图书馆后选了一本安德拉德的诗集，是顾斯塔挑的，书名叫《在水中热爱火焰》。

因为图书馆里只有一本这个诗集，所以他们约定每周三、周日见面把书交给对方看，相当于一人看半周。

比起直接在网上交流或者见面聊读书感悟，他们找到了一个更为"传统"的分享方式，即直接在书里夹纸片写下感悟，通过纸片上的文字留言了解对方的阅读进度和想法。许芒在纸片上写的是自己对喜欢诗句的解读，顾斯塔每次都会认真地"回复"她的文字并且跟着写下自己的解读，然后再找其他喜欢的句子写下来分享给她。

这种感觉真的很神奇，每周见面后把书籍交给对方，翻开书，里面夹着的每张纸片都是独属于他们的"交流"。

——所有的火都带有激情，光芒却是孤独的。

许芒写：燃烧时的霹雳尽情绽放，耀眼的光芒遥不可及，最后的灰烬不需要认同。

顾斯塔回：光芒背后是灰烬，孤独却耀眼。

——每一串葡萄都会背诵，夏季每一天的名字。

顾斯塔写：夏秋之间，葡萄永远记得夏天，落叶也在默念秋天的每个时刻。

许芒回：葡萄会记得六月，融化的雪花也会铭记冬天。

她喜欢诗歌，喜欢可以不讲逻辑的文字，喜欢胡言乱语，喜欢以自己的心感悟文字。

许芒没有写，其实自己看到这句诗时想到的是暗恋，是她也会背诵他的每个背影。

诗歌真的很美，每个字都可以与他有关。

他们在一起花了一个月看完这本诗集，书本里积攒的纸片越来越多，对彼此的了解与认识好像也在一点点增加。

文字坦诚而隐秘，但总有保留自我的部分，让他们走近彼此的部分。

渐渐地，他们平时见面给对方书的时候也会聊起自己的生活，许芒学物理遇到不懂的地方，顾斯塔都会耐心地教她，用到什么理论时，他也会主动跟她分享相关的物理故事。

顾斯塔曾跟她聊过物理学的世纪会议即第五届索尔维会议，爱因斯坦提出"上帝不会掷骰子"的观点，认为量子世界是确定可知的，而波尔说"别管上帝做什么"，坚持量子世界是无法确定的，由此争辩从古典决定论演变出了量子力学。

事实上量子世界是不确定的，顾斯塔之前写下的那位苏联物理学家 Mandelstam 提出的正是与不确定性原理有关的能量时间不确定性关系。

很多人会觉得物理是深奥难懂的，物理公式和模型晦涩陌生，哪怕只是简单的物理题目也会让人望而却步。而顾斯塔不一样，他一直很喜欢物理。比起熟练掌握物理理论和正确做出物理题目，他更感兴趣的是物理史，是人们一步步发现、猜想、推理和验证理论的过程。

他乐此不疲地寻找物理的神秘和美丽，通过物理了解宇宙和世界。

诗歌和物理完美地融入了他们的生活，所有一切都自然而然地慢慢走到一起。

所以当某天在图书馆门口看到即将举办主题书展活动的通知时，他们一起停下了脚步。海报上描述的活动内容为两名学生共同策划一场以"什么与什么"为主题的书展，获胜者可以获得奖金与图书馆电影院包场一次。

老实说，他们都不是被奖励吸引的，而是被主题书展的概念所吸引。

先提出参加活动的人是顾斯塔，他目不转睛地认真看着海报问她："你感兴趣吗？"

几乎瞬间就读懂了他的意思，许芒笑着歪头看他："主题定为'物理与诗歌'怎么样？"

顾斯塔闻声扬起笑，向许芒伸出掌心，许芒抬起手跟他击掌，两个人一拍即合。

与刚开始跟他一起站在图书馆门口时的紧张不同，许芒现在已经越来越熟悉自己心底的悸动了，她无比珍惜着站在他身边的每时每刻，珍惜着与他一起完成某个目标的过程。

两个人都是行动力很强的人，决定要做的事便会尽全力去做好。许芒负责找相关诗集与诗评，顾斯塔负责找与物理相关的书籍，合力将书展所要求的两百本书的书单列出来。那段时间刚好临近期中考试，他们在复习的间隙抽空选书，常常一起对着两个电脑屏幕熬到凌晨。

许芒的室友晚上睡觉时看她一脸专注地坐在桌前还打趣说："半期考试而已，你居然那么卷？"

看到她屏幕上密密麻麻的书目和分屏的图书馆检索界面，室友更加不理解了，皱眉凑近道："这是个什么活动？怎么准备得那么认真？"

"学校图书馆的主题书展活动。"许芒抬手揉了揉发酸的脖颈出声解释。她坐在桌前许久，也没怎么喝过水，嗓子又干又哑，身体疲惫不堪，可双眸里都是明熠的光亮。

另一边的顾斯塔也在黑夜里全神贯注地盯着屏幕，握着鼠标一点点下滑检索着合适的书目，屏幕的微光投在脸上显得轮廓更加深邃立体，他的神情始终认真如一。

将喜欢落在具体的活动上远比想象中更有意义，这个简单的主题书展活动让他们尽情挥洒着他们纯粹的喜欢，对诗歌的喜欢，对物理的喜欢。书单里每一本书都是精心挑选出来的，遇到不确定的书，他们也会一起到图书馆找到实体书亲自翻开来确认内容是否合适。确定完所有书目后，他们还会仔细地按照逻辑关系对书进行了分类和排序。

书展活动要求的主题介绍和具体策划是他们在咖啡店一起写的，在店里待了一整天连续喝了好几杯咖啡，因为在意和喜欢，所以每个细节都想做到最好，希望能将他们的热爱和想法尽力表达出来。

打包好全部材料提交邮箱的那一刻，前所未有的充实感和快乐填满了内心。这是许芒上大学后第一次那么认真地对待一场活动，不是什么学术竞赛也不是什么重要考试，而是一场简单而不起眼的"课外"活动，一场她很喜欢的活动。

看到她如此专注的神情，顾斯塔半开玩笑半认真道："昨天我去学校许愿池面前许愿了，我们会拿第一的。"

听到他那么坦率地提到拿第一名这个愿望，许芒忍不住出了会儿神。老实说，她心底也很希望能拿到第一名，可在今天之前她总是习惯性把愿望掩藏在自己不会触碰的地方，这样的话哪怕最后愿望没有实现也不会觉得太难过，所以她从来没有坚定地说过或者许过愿自己一定要考上临大。

"如果以第一名为目标，但最后没拿到第一的话会失落吗？"她喃喃出声问。

"失落应该是不可避免的。"顾斯塔凝神回答，"所以我一般会做一个最好的打算和一个最坏的打算，能拿到第一当然很好，假如没拿到名次也有心理准备。"

　　"怀抱期望努力的这段时间很快乐就已经足够了，可以将结果当作刮彩票，不管是否中奖都是值得期待的。"他说这些话的时候唇角微扬，神色中带着淡然。

　　有些时候对有些人来说，坦诚地面对自己的渴望大概比直面自我的缺点更难。直到此刻，许芒才缓慢地意识到这一点。

　　其实不管参加什么比赛或者做什么事，人们总会希望结果是好的，哪怕有意忽略，这种愿望和憧憬也是真实存在的。它并不是一种贪心或者痴心妄想，而是一份美好的期盼。

　　秉信"没有期望就不会失望"的她，或许确实能避开一些失望，却也错过了很多"有所期"的快乐。许愿最重要的并不是实现愿望，而是愿望本身。

　　将结果视为刮彩票，许芒终于可以应声坦诚地许愿："希望我们能拿个好名次。"

　　她装作不经意地偏头看向自己身边的顾斯塔，他好看的脸上也挂着笑意，深邃的桃花眼明亮璀璨。

　　在许芒看得有些入迷的时候，顾斯塔毫无预兆地转过了头看向她。

　　四目相对的瞬间，呼吸凝滞。

他没有避开她的视线，不加掩饰不带旖旎，只是纯粹开心地面带笑容看着她。

短暂的慌乱过后，许芒也被他坦然温柔的目光感染了，放松下紧张的身体与他对视着。

两个人唇角的笑意都在不知不觉中加深，到最后一起笑出了声。一切都在无言中汇涌，完成活动的满足感，一起努力的充实感，还有奔赴热爱的幸福感。

他们都明白，彼此会懂的。

这段快乐充实的旅程与结果无关，已然是记忆中珍贵的一部分。

一周后，图书馆宣布获奖名单，他们拿到了第一名，评语是主题新颖、内容用心。

看到名单时，许芒恍惚中觉得自己回到了高中，她挤在人群里仰头看自己的名字与他的距离，最近的时候是前后，而此时此刻，张贴在公告栏处的名字并排着，他们的名字位置是左右，连他本人也站在她身边。

像大梦一场，不知道她花了多长时间和多少运气走到曾经需要仰头才能看见的他身边，又或者说是他早在不知道的时候就已经悄悄来到了她身边。

他的嗓音提醒着这一切的真实性，顾斯塔垂眸对她说："恭喜我们得偿所愿。"

"嗯。"许芒认真点头，在心底默默深呼吸一口气后才继续启唇，每个字都说得深刻，"得偿所愿。"

主题书展活动最后一项写的是获奖的书展作品将由策展人亲手完成，没过多久图书馆的工作人员就通知他们可以布展了。具体实践起来需要设计海报张贴，并且从书单里挑选一部分书籍展览出来。由于他们在最初策划时大致考虑过这些，所以做起来比想象中更顺利。

他们的时间主要花在设计海报上，两个人还是坐在那家熟悉的咖啡店里，各自身前摆了一张白纸面对面坐着，桌上还有一盒打开的马克笔，打算先在纸上大概确定海报雏形。

回顾书展的主题"物理与诗歌"，他们不约而同地在纸上写下了"Mandelstam"的名字。最开始将他们联系在一起的也是阅读社活动卡片上重名的名字，许芒其实到现在还是觉得这件事巧合得难以置信，顾斯塔看起来反而已经平和了很多。

见他也再次写下了这个名字，许芒将双臂交叠在桌上忍不住好奇道："说起来你不觉得很神奇吗？"

顾斯塔掀起乌睫看向坐在自己面前近在咫尺的她。感受到他眸底的认真，许芒也不自觉坐直身子向他倾了些，聚精会神地等着他的话。

两个人就这样静静地对视着，距离近到能够在彼此眼中清晰地看见自己。不知道过了多久，顾斯塔才突然启唇说："上帝不会掷骰子。"

　　许芒记得这句话他曾经跟自己说过，还没来得及领会他话里的意思就听到顾斯塔继续说："你觉得海报整体用什么颜色比较好？"

　　注意力回到海报设计上，她将视线停留在马克笔的颜色思考了会儿提议道："蓝色？"

　　"我也觉得蓝色很适合。"顾斯塔赞同地点头，伸手拿出了蓝色的马克笔简单给背景上了色，一边涂色一边问她，"你还有什么想法吗？"

　　思绪被调动活跃起来，他们针对海报开始头脑风暴，将能想到的点子都列了出来。两个人也从面对面的位置变成了并排坐着，两张纸离得近，他的纸主要用于画海报，她的纸用来记笔记，写字和画画时手偶尔有触碰。

　　侧身看着她纸上条理清晰的创意点，顾斯塔想到什么倾身拿起笔在她纸上圈出了两项，伸长的手臂形成一个将她半包围的动作，他们的距离倏忽拉近。许芒屏息将后背紧紧靠在椅背上，身边满是他的气息，耳边他的声音细微得甚至能听到伴随着说话时的呼吸："我们把这两点结合起来怎么样？"他抬眸看向她。

　　眼前女生的锁骨绷得直直的，视线低垂紧盯着纸上的字。意识到自己刚才没注意不知不觉离她太近了，顾斯塔几乎是瞬间就礼貌地收起了手坐直身子。

许芒在他出声道歉之前，已经拿起笔在他面前的纸上低头画着什么。这次换她靠近他后，顾斯塔才知道这种距离有多近。喉结不自觉轻滚了下，他平视着前方没有垂眸看她。

海报整体是蓝色的，许芒按照他刚才圈出的那条在海报上设计了飘浮的文字，连起来是诗人 Mandelstam 的一句诗——"我在呼吸银河的碎粒，我在呼吸宇宙的病症"。

等人重新直起身子后，他才看向自己身前的海报。顾斯塔与她的动作一样拿起笔在纸上添了一串物理公式，数字和符号连起来是 Mandelstam-Tamm 能量时间不确定性原理公式，书展的位置在图书馆进门的地方，他们将设计好打印下来的海报一起张贴在墙上，然后拿了推车上楼，按照书单列的去找书。

图书馆是分区放书的，因此他们找的书大多集中在某些区域。两个人在相对的两排书架中找书，许芒之前在图书馆做过志愿者，对书的摆放规律比较熟悉，很快就把自己手里分到的书都找出来了。

将书按序放到推车里，他们就这样利用重名的"Mandelstam"，将物理与诗歌联系在一起，设计出了海报大概的样子。

她转身注意到站在书架旁认真抬手顺着书脊看号数的人，对方的侧颜线条清晰可辨，专注的神情每次看到都觉得格外吸引人。

许芒没有犹豫，直接拿起他的书单走过去帮他一起找书了。

他是按书单顺着找的，所以她从最后一本倒回去找，两个人的距离也随着书单越来越近。

这是一个简单的两头出发相遇问题，等到重合的那一本，他们的手落在了同本书上。许芒的动作更快一些，稳稳地拿住书脊，而顾斯塔的手整个覆在她手背上，她能感受到他掌心的温度。

时间像是被按下暂停键，过了一会儿整个世界才重新运转起来。

顾斯塔有些慌乱地收起了自己的手，垂眸低声说了句"对不起"，很细很轻的一声，仿佛小猫的轻呼声。

声音落在许芒耳里痒痒的，指尖也牵起一阵酥麻感一直传至心脏，不知道是因为刚才的触碰，还是因为看到了他发红的耳尖。

收紧手指将那本书抽了出来递给顾斯塔，许芒抬起手里的书向他示意后面的书都找到了，随即先一步转身去放书。

顾斯塔微愣地站在原地看着她离去的背影，手上还残留着她手背的触感，耳根不自觉地变得更热了，看到她躬身放书的动作才急忙走过去一起放书。

担心说话的声音太大，他凑近她用气音礼貌地道谢："谢谢。"

图书馆永远是安静平和的，除了此时加速的心跳声。

许芒放书的动作顿了顿，将头垂得更低了些，以藏住自己发红的脸颊，顺手接过他手里的书自顾自地放在推车里，一直等到感觉热意散得差不多了她才起身。

顾斯塔站在一边双手握着推车拉杆，神色自若地接过手，将装了书后沉重的推车推下楼了。

短暂的小插曲过后两个人认真投身于书展布置工作中，在图书馆忙活了一天终于弄完了所有的事。最后站在远处看时，他们都安静地没有说话，只是望着墙上大大的蓝色海报和桌上用心摆放的展览书籍，所有一切都是由他们亲手完成的。

"物理与诗歌"主题书展将在第二天正式展出，海报上策展人的名字并排着，这是她与他共同创造的第一个难忘回忆。

图书馆的闭馆铃声轻柔响起，在里面学习的人们整理着，陆续走出图书馆，他们就这样久久地站在图书馆正中央。

图书馆大门合上关灯的瞬间，顾斯塔对许芒说："谢谢。"

许芒没有问他为什么突然道谢，而是跟他一样开口说道："谢谢。"

感谢你也一样喜欢物理与诗歌，感谢我们能一起完成这场喜欢的活动。

感谢你总是在实现我的愿望——

那些你不知道，却全都与你有关的愿望。

Mangde
Sita

第七章

存在即意义

主题书展顺利举行完后，第一名的奖励除了奖金外还有图书馆电影院包场一次的机会，获奖者可以随意自带想看的电影放映。许芒和顾斯塔选择的是一部跟宇宙和诗歌有关系的电影《宇宙探索编辑部》，两个人一起看了电影简介和海报后就一致决定看这部。

　　学校图书馆的电影院比较大，工作人员说他们也可以邀请自己的朋友来一起看。但估计是因为他们选的电影比较"小众"，大多数人表示不感兴趣，再加上两个人的社交圈都不算广，最后到电影院的只有他们两个人。

　　"你也没找到人一起看吗？"先到电影院的顾斯塔望着独自走进大门的许芒问。

　　注意到他身边空无一人，许芒猜到了他的情况大概跟自己一样，她有些无奈地点头应声："对，朋友们要么没空，要么不太感兴趣。"

　　"没关系，"顾斯塔温柔地出声宽慰道，"这说明我们的电影选对了。"

"嗯？"她一时间没反应过来他的话是什么意思。

顾斯塔只是站在电影院中央的位置淡淡地笑着，等到她走到自己身边后才说："因为最起码还有两个人想看。"

恰好还有彼此陪伴一起看这部电影。

空旷的影院里，顾斯塔说得认真诚挚，许芒在他深邃的桃花眼只能看到自己的倒影，有一瞬间她想起了高二他放弃物理决赛来到她班里时那个错觉般的对视，他一进门就望向她，只望着她。

意识到自己盯着他看太久了，许芒不好意思地移开视线，反应慢半拍地点头表示同意他刚才的话，动作生硬地伸手拉开影院的椅子坐下。所幸头顶的灯光昏暗，他应该没有看出她的不对劲。

虽然他们已经认识半个多学期了，但她还是经常会感到害羞紧张，这或许是暗恋的连锁反应，也是喜欢一个人时最难以藏住的本能。

顾斯塔在许芒身边坐下，许芒感受到他的气息，不自觉地将身子坐直了些，两个人并排坐好看向前方的幕布。

熟悉的电影开场声响起，绿色背景上金龙跃起，电影在摇晃模糊的镜头里开始了。

很难有人能像电影里的唐志军一样那么纯粹认真地追逐某个信念，许芒印象最深刻的镜头是唐志军在他破旧的屋子里吃着清水面，一旁开着屏幕满是雪花的电视，他说"这不是普通的雪花点，是宇宙诞生时的余晖",介绍起一切与宇宙有关的事物时,他脸上的神情都无比虔诚认真,那种小心翼翼和专注投入,光是看着也会让人感触很深。

他不顾一切地追寻着自己认为正确的东西,不管别人怎么议论、怎么阻止都始终坚定。"疯子"一般的唐志军遇到了孙一通,那个在广播站用方言念着自己写的诗的少年,他念:"一望无际的梦里,用碗里的米垒墙,乌云写满咒语,遮住众生疲惫的骨头。"他的面目总是简单直接,用别人不理解的方式生活,做一个彻底的怪人。

许芒被电影里的很多画面深深打动,笑着、泪目着、思考着,完全沉浸式地看完了这部影片。影视作品跟文字和音乐一样,都能给人带来思考和力量,电影落幕的瞬间许芒知道,她又获得了无数新的感受。

人活着不是只为学业和事业,在谋生之外总需要感受,也许是被美丽的天空打动,也许是为身边的朋友感动,也许是被文字吸引……感受情绪和观念变化的这部分也是生活。许芒没想到和顾斯塔一起完成那么有意义的书展后还能一起看一部那么棒的电影,特别的电影与特别的人看显得更加特别了。

某种意义上来说,顾斯塔也像电影里的"疯子"们一样,不在意别人的眼光一直坚守自我,不管是突然放弃决赛还是高考后坚持填报物理专业,他始终都是在为自己做决定,走自己的路。

有信念与勇气的人总是让人钦佩的，因为人们很难走出固定的轨道。现实与理想或许只能二选一，又或许绝大多数人其实根本没有选择的权利，能勉强在现实里生活已经很不容易了。只要电影告诉她，还有人固执清贫地活着追寻理想，这就够了。

在这个现实的世界里，还有人能为理想活着就够了。虽然不是她，可她会被鼓舞，会去试试看，会为他们应援。

屏幕上的灯光柔缓地映在他们的脸上，两个人一样的神情专注。

"这部电影真好。"顾斯塔发自内心地感慨。

许芒不由得想起他之前说过的话，认真开口道："嗯，我们的电影选对了。"

他们并没有对视，却好像都知道对方此刻的表情，深刻，他们一样被这部电影打动，电影结束了也没起身离场，而是静静地坐在原位，一起听着片尾曲，看电影末尾滚动的制作名单。

黑屏白字，缓缓落幕。

大概是因为都不善言辞，他们并没有聊电影的情节和感悟，依然沉浸在各自的感受中。走出电影院分别时，顾斯塔才开口叫住了她："希望我们都能做自己想做的事。"

许芒停下脚步转身回头，扬起唇角点头："好。"

图书馆门口有风吹过，简单的话语仿佛许下的诺言，又像是诚挚的祝福，两个人在风中笑着挥手作别。

主题书展活动就在这样一部难忘的电影之后结束了，许芒与顾斯塔之间又回到了最开始时的往来——因阅读社结伴读书活动而联系，一周大概会见两三次面换书。

秋风将十一月吹得更凉爽了些，临港的秋天大概是一年里最舒适的季节，没有夏天的燥热也没有冬天的干冷，一切都是温柔平淡的。

许芒平时有关注顾斯塔的社交平台，他的空间动态很简单，基本上都是一些活动推送，大概是帮朋友宣传的，应该也有一些是他自己参加的。

她曾经去过一次他分享在空间的活动，是一场关于"量子史话"的讲座。许芒下课赶过去的时候报告厅里几乎已经坐满人了，她只好在后排找了个角落的位置坐下。

抬起头向前望去全是乌泱泱的人头，很难确定顾斯塔在不在。虽然是抱着能和他偶遇的希望来的，但许芒对这个主题也挺感兴趣的，所以即使没看到他也不会觉得特别失落，转而集中注意力专心听讲座了。

一场讲座听下来干货满满，许芒垂头记了很多笔记。心满意足地合上本子后才发现大家都在退场了，后门被堵得水泄不通，她干脆坐在位置上等人走得差不多后再离开。

注意到远处一道清瘦熟悉的背影，许芒本能地站起身，一路绕着人少的地方走到前面，尽管没能追上他的脚步，不过也看清了他的侧脸，确实是顾斯塔。

　　缓过神后，她将刚才着急起身没有背好的书包重新调整好，她的视线停在出口处，那里还有很多人在往外走，顾斯塔应该也已经走远了。

　　能那么幸运地在人群里看到他已经很好了，她心情很好地弯了弯唇。因为走前门出去的人太多，许芒最后是从后门出去的，走出门后她径直朝教学楼走去，所以并没有看到站在前门外面的人。

　　一直站在门口的顾斯塔没有错过她的背影，见人出来后脚尖不自觉转了个方向，远远地看到有人跟她打招呼一起走，他顿了会儿还是没有迈开腿向她走去。

　　这场另一方不知道的偶遇仿佛是寻常生活的缩影，大多时候都是这样默默无闻的。

　　放在桌上的手机屏幕亮起，显示着"特别关心"发布了新的动态，许芒放下手里的笔滑动手机解锁点进顾斯塔的空间。

　　他新分享了一个志愿活动，具体内容是在临港岸边捡垃圾。下滑看到活动时间，她的手指停了瞬，她很快就意识到了这个活动应该是他帮朋友推广转发的，尽管如此，她依然滑到最底部填了问卷信息报名参加。

报名审核通过后，负责人将许芒拉入了当天的活动群里，她抱着侥幸心理点开了群成员列表，果然跟她预想的一样里面并没有顾斯塔。转念一想也是，谁会在生日那天捡一天垃圾？而且那天刚好是周六，就算不和朋友们一起过生日，他大概也会自己过一个舒适的生日。

志愿活动是早上九点开始，到晚上六点结束，提供中餐和晚餐，早上直接在临港北岸口集合。

许芒起了个大早，随意穿了件宽松的卫衣配牛仔裤，轻装上阵搭地铁到了集合的地方。她找负责人领了志愿者的红色马甲套上，正打算走过去跟大家一起排队时，远远地听到了一道熟悉的喊声。

以为是自己没睡醒产生幻觉了，许芒没理会，自顾自地继续走向人群。直到有人用手指轻点了点她的肩头，许芒随之侧头看过去，双眸不自觉地睁大了些，眼前的人正是她觉得一定不会来的顾斯塔，刚才也真的是他在叫她。

看到她如此惊讶的表情，顾斯塔忍不住扬唇笑了笑，低磁的嗓音跟晨风一样醒神："看到我很意外吗？"

许芒本能地点了点头，疑惑出声："今天不是……"

"不是什么？"听她声音渐弱，他轻躬身靠近她问。

"不是……周末吗？"她及时把话圆了回来笑道，"我以为你会休息。"

"也有人没在周末休息，"顾斯塔笑着与她对视，"比如你。"

距离太近了，许芒的心跳发出警报。好在活动负责人出声整队了，她这才免于暴露。

站在最前面的负责人简要说明着今天的时间节点，中午十二点回原位领取盒饭，午餐时间是一小时，晚上是五点领餐，吃完收拾一下就可以回去了。

"好了，现在大家可以拿着工具去工作了，可以几个人一起也可以独自行动，尽量分散开来，辛苦大家！"

许芒默默在心底思考着平时习惯独处的顾斯塔会不会想要自己一个人行动，还没想清楚该不该邀请他一起，身边的人就主动开口道："我们一起吗？"

他好像总是会在她犹豫不决的时候主动向她伸出手，阅读社活动纠结坐哪儿时、看到主题书展活动时，以及现在。

犹豫是因为想要却在意，但既然他都伸手了，她没有理由不抓住，所以许芒跟以往的每一次一样坚定地点头了。

他们朝着志愿者少的方向走去，临港的岸边很长，除了有往来的货运外还有很多游客，人流量每天都很大，产生的垃圾也很多，志愿者活动由此产生。其实随手捡起垃圾是一件再寻常不过的事，但很少有人会注意脚下的垃圾。

生活已经忙碌到光是活着就已经很累了，大家自顾不暇，更难谈维护公共卫生，又或者说能够做到不随手乱扔垃圾已经很不错了。理想的世界和理想的品质都是每个人的主观看法，人总要学会接受现实世界与理想的不同，然后去做自己觉得正确的事。

就像许芒相信的那样，人的行为是会感染到身边人的，岸边的很多人看到有志愿者在捡垃圾，也会跟着一起把垃圾整理好扔到垃圾桶里。

每次弯腰用垃圾捡拾器夹起地上的垃圾时，许芒都会想起高中看到顾斯塔随手捡起垃圾的身形，仿佛是融入骨子里的本能行为，他拾起的不仅是简单的垃圾，还有他的观念和习惯，一次次坚定的自我。

这样的他会选择在生日这天做一整天的志愿活动也就没有什么奇怪的了。

收到群消息提醒大家去领盒饭时，许芒走到认真捡垃圾的顾斯塔身边告诉他这件事。两个人一起走在返回的路上，她想起刚才的群消息掏出手机启唇道："你还没有加群吗？我可以拉你。"

没想到顾斯塔说："我进了群的。"

"嗯？"许芒不确定地再次点开群成员列表。

看到她的动作突然意识到什么，顾斯塔脑子转得飞速，及时出声解释："我有两个号，是用上大学后那个新号进的群。"

有些人会在新阶段用新的号，许芒了然地点头表示明白，想了会儿又问："那我加的那个号是不是不常用？"她担心会麻烦他切号聊天。

"不是，"顾斯塔肯定地出声否认，"我经常用那个号的。"

感觉自己回答得太过下意识，他伸手摸了下后颈有些不自在地补充道："我平时有发活动信息。"

回想起他的空间动态，好像确实是她想多了。许芒低喃了句："常用就好。"

顾斯塔见她没再多问后暗自松了口气。

吃完饭后下午继续带着工具去捡垃圾，今天临港的天气很好，落在身上的阳光暖洋洋的，海面上闪烁着细碎的光亮，时不时有海浪拍打堤坝的声音，一切都祥和舒适。

夕阳西下，晚霞染红了半边天，美好得让人驻足，情不自禁地拿出手机拍照。许芒捡起地上的一个塑料袋，不远处响起一道稚嫩的询问声："妈妈，大家在拍什么呀？"

牵着小孩的手的女士笑着将孩子抱起来："你看看天上，是不是很漂亮？大家在拍晚霞。"

"什么是晚霞？"

"嗯……天边漂亮的就是晚霞。"

孩子转头认真道："那妈妈也是晚霞。"

女士闻声不由得笑个不停："可妈妈在地上。"

"妈妈是地上的晚霞。"孩子抱紧她说。

站在一边的许芒忽然觉得自己看到了比晚霞更美的画面，生活总是会在不经意间打动她，让她觉得这个世界真好，想说的话直接说出来也没什么的。不一定要理由，不一定要逻辑，不一定要铺垫，能说出来就已经很好了。

所以跟顾斯塔一起坐在岸边吃完盒饭后，许芒出声让他在这里等她一下。顾斯塔没有问什么，无条件顺从地点头坐在原地，就这样静静地看着天边的晚霞，耐心等待着。

许芒在晚霞快要彻底褪去的时候回来了，海面上倒映着最后的晚霞依然波光粼粼。她是在他的身后出现的，蹲在他身后认真地叫了声他的名字。

顾斯塔循声回头，第一眼看到的是她脸上好看的笑容，然后是她手里捧着的蛋糕。许芒眸底倒映着波光细碎明亮："生日快乐，顾斯塔。"

那瞬间他忘记了思考，有些呆滞地看着她，他们就这样隔着跃动的烛光对视着。直到他们之间的蜡烛被海风吹灭了，许芒慌张地将蛋糕放在地上，急忙从兜里掏出刚买的打火机重新点燃蜡烛，她不好意思地说："稍等一下。"

"没关系的，"顾斯塔回过神来，温柔地出声道，"这说明我的愿望已经实现了。"

虽然知道他是在宽慰她，但许芒还是被打动了，他说被风吹灭蜡烛说明他的愿望已经实现了。

一句简单的话让她不再像之前那么紧张，颤抖着点蜡烛的手也平稳了很多，蛋糕上的那根蜡烛很快就被她重新点燃了。

晚霞褪去，海风喧嚣，吹动起他们的发丝，动摇着烛光。许芒小心地伸手护着烛火，抬眸对他说："许个愿吧。"

顾斯塔循声闭上了眼，许芒默默地在心底为他唱着《生日快乐歌》，不自觉地将视线落在近在咫尺的完美面容上，好看的唇形、立体的人中窝、高挺的鼻梁，视线再往上移，他就在此刻睁开了眼，她的视线恰好落入他深邃的双眸中。

顾斯塔目光始终看着她，躬身吹灭了蜡烛。

许芒跟他对视着忘了低头看蜡烛，也忘了收起护着烛火的手，掌心被他吹灭蜡烛时吹出的气牵起一阵痒意，她反应慢半拍地收起手鼓掌道："生日快乐！"

大概是傍晚的岸边太美氛围使然，又或许是他们离得太近，不知不觉中就会对视上，许芒率先移开视线从袋子里拿出了塑料刀、纸盘和叉子："寿星切蛋糕。"

交递东西的两个人动作小心，都刻意地避免碰到对方，纤细白皙的手指在渐暗的天色里相互交错着，气氛反而变得更黏着了。

"谢谢。"许芒点头接过他切好的一半蛋糕。

顾斯塔被她的客气逗笑了："蛋糕是你买的，是我应该谢你才对。"说着他收起笑意认真地道谢，"谢谢你。"

她只是笑着摇头，示意他也一起吃蛋糕。

岸边的路灯倏忽亮起，海面上又漾起灯光的倒影，将星光一起揉碎。他们安静地看海吃蛋糕，顾斯塔忍不住出声问："你怎么知道今天是我生日？"

许芒早就准备过说辞，当下并没有感到慌乱，自然地回答道："孙峻告诉我的。"

她补了一句："而且高中的时候你们班的同学不是集体给你过了生日吗？"

"你们班也听到了？"他目视前方，有些尴尬地吃了一大口蛋糕。

那是高三上学期的十一月，因为班里收集了高考信息，不知道谁有意关注了顾斯塔填的生日，口口相传到大家都知道他快要过生日了，于是到那天的时候大家直接在晚自习时集体给他合唱了一首《生日快乐歌》。

当时的害羞和尴尬他到现在还记得，一想到许芒也知道，顾斯塔只觉得自己耳根的热气更重了一些。

模糊的天色将一切都掩饰得很好，许芒没发现顾斯塔发红的耳郭，顾斯塔也没发现她半真半假的话。提起那天是因为她其实恰好就是在那天知道了他的生日，当一班整齐地给他唱歌时，她就像今晚一样坐在安静的教室里在心底无声地替他唱了《生日快乐歌》。

她默默地祝他生日快乐，默默记下了他的生日。

暗恋不会一无所获的，曾经对他的了解全都变成了此刻相处时的熟悉，正是因为她的默默在意，今天才能那么巧地陪他过了生日，才能亲口将这句生日快乐告诉他。

那天他们吃完蛋糕后一起搭地铁回了学校，顾斯塔说顺路送她回宿舍。分别时，他真诚地向她道谢："今天谢谢你。"

"陪人过生日是一件很快乐的事，"许芒扬起笑，"我也很开心。"

自从跟顾斯塔一起参加过这次志愿者活动后，许芒感受到了做一些力所能及的事去帮助别人有多快乐，尽管只是很小的事也能让人拥有很多获得感，但跟参加书展活动获奖时的满足和快乐不同，这是另一种很深刻的感受。

所以当再次看到顾斯塔分享志愿者活动时，她没有犹豫直接就报名参加了。想起上次在人群里与他相遇并且连他叫自己都没听清的场景，许芒这回打算先主动问一问他。

芒果芒：你有参加陪伴青少年这个志愿者活动吗？

ST：参加了，你也报名了吗？

芒果芒：嗯，那我们活动的时候见。

虽然本来就是他分享的活动，他参加了也是很有可能的，但许芒还是莫名地觉得有些惊喜，没想到又多了一点能与他产生交集的机会。她将他们之间一点一滴的相处都当成是折好的星星珍重地放进记忆之瓶中，用心积累的话总会将回忆填满。

这一次志愿活动的内容是周末去社区辅导青少年的学业，也可以和他们一起聊天看书，最重要的其实就是陪伴他们。

这些孩子基本上都是随父母一同来到大城市的，家长们平时工作繁忙根本无暇陪伴他们。而且因为都是来城市务工家庭，光是房租和平日的花销就非常大了，他们很难跟上大城市的生活节奏。

这类家庭的孩子大多与"留守儿童"类似，他们同样缺少陪伴，并且还会有很多压力，不止来源于学校，还有很多其他因素。当然，其实不止他们需要帮助，现在很多学生都有很大的压力，大环境下人们也已经越来越关注学生的心理状态了。

许芒和顾斯塔是在社区的活动室见面的，负责人提前按照报名信息为各位志愿者分配好了所需陪伴的学生，跟学生见面后自行在活动室找空位坐下，他们刚好坐在隔壁桌。

两个人相互点了点头致意，随后就分别专注他们身边的学生了。

许芒负责的是一个刚上初中的女孩叫张荔枝，她说是因为她妈妈很喜欢吃荔枝所以随便给她起了这个名字。她还有一个妹妹和一个弟弟，作为家里的老大，她从小就学会了很多家务，平时不仅要打扫卫生，还要做饭给弟弟妹妹吃。

这些事情都是许芒后面跟她比较熟之后才知道的，刚开始见面时她们两个人话都不多，并没有交流很多。

志愿者们事先都已经知道了各自所带学生的学习情况，张荔枝的数学成绩比较差，所以许芒认真准备了教案打算给她辅导数学。

前半节课效果还可以，张荔枝积极配合她思考回答问题，但是后面就渐渐变得困难了起来。许芒讲解完一个知识点后找了例题给她做，可她迟迟没有动笔，坐着的姿势也越来越低，几乎是上半身趴在桌上。

意识到她应该是没有思路，许芒耐着性子一点点提示她，自问自答地放慢速度将题目讲解了一遍。

许芒没有着急让张荔枝继续做下一道题，而是停下来让她先自己动手再做一遍这道题。

挂在墙上的钟表秒针一秒一秒无声地转动着，许芒坐在一边仔细观察着张荔枝的神情，她双眸低垂不知道有没有在看题，趴在桌上依然没有动笔。

许芒也开始反思是不是自己的讲法有问题，所以导致张荔枝还是没有听懂。于是她深思熟虑后又换了一种更容易接受的方法再讲了一遍这道题，这次她一边讲一边看张荔枝，对方时不时会点头，仿佛理解了的样子。

讲完后许芒再次让张荔枝自己尝试着做一遍，张荔枝看上去有些烦躁，握着笔在草稿本上乱写了一串公式。

老实说许芒心底也是有些生气的，明明已经讲了三遍张荔枝还是一点也没听进去，但轻易发脾气也解决不了问题。

尽力调整好自己的情绪后，许芒心平气和地问张荔枝："你能告诉我为什么这样写公式吗？"

张荔枝还是没回答，许芒没有气馁，而是继续温柔地说："说出来我们一起理解一下你的思路好不好？"

"或者这个题目你有没有什么疑惑的地方呢？"

"是不是我讲太快了？还是哪里你不理解？"

回答她的始终是沉默。

趴在桌上的孩子甚至转过头背对着许芒。

场面一下子变得十分尴尬，许芒僵直地坐在原位，一时间不知道该怎么办。

顾斯塔就是在这个时候站起身走到她身边的，他抬手指了下墙上的挂钟，低磁的嗓音轻柔："要不我们中场休息一会儿？"

许芒大脑这才重新恢复思考，顺着他的话对张荔枝的背影说："小枝，你应该也累了，我们休息一下，待会儿再继续。"

话音落下，顾斯塔便示意许芒一起出去走走，许芒点点头，站起身跟着他一起出门了。

活动室外面的阳光正好，落入眼眸将所有阴郁一扫而光。空气与绿树也很清新，许芒不由得长舒了一口气，走在她身边的顾斯塔感觉到她的动作柔声问："学生不太配合吗？"

"对。"她沉闷地点头道，"不知道为什么学生突然就不说

168

话了，提问也不回答。”

地上是被树叶切割成一片一片斑驳的光印，许芒垂头踩着这些碎光，还是想不明白张荔枝为什么会这样。

“抬头看看。”顾斯塔毫无预兆地说。

“嗯？”许芒疑惑着循声仰起头。枝繁叶茂的大树立在一旁，她只能透过树叶的缝隙看到些许蓝天和阳光。树叶随风翻动，阳光也跟着明晃晃地摇曳起来，浅淡地洒在他们身上，头顶遥远的蓝天若隐若现。

她停下脚步仰头看了好一会儿，没发现什么特别的东西：“怎么了吗？”

依然保持着跟她一起抬头看的姿势，顾斯塔没有回答她的问题，而是问：“有没有感觉好一点了？”

许芒没反应过来顾斯塔在说什么，好奇地侧头看向他。阳光柔和，他仰起的下颌线与颈线相连流畅，明晰的喉结上下滚动着：“遇到问题的时候向上看能帮助整理思绪和情绪。”

在他即将转头看许芒之前，许芒察觉到他的动作先一步转回头去，继续仰头看着头顶的树叶。心跳声与风声一同响起，树叶被风吹得舞动起来，阳光随之跃动，像是下了一场细碎而温柔的阳光雪。她不知道可不可以将阳光比喻成雪，但那个瞬间这种感觉是那么鲜明深刻，身边的一切都是轻松雀跃的。

“嗯，”许芒忍不住弯起唇角，“感觉好多了。”

情绪低沉的时候人总会不自觉向下看，就像她刚才被情绪困住时也是低头走路的。但越是低垂着头，越是难以走出脚下的困境，这时候向上看反而能让人轻松一点，转换视角的同时也能不知不觉中获得向上的力量。

复读时期她也曾跟宋琳一起抬头看过很多次天空，无论是蓝天还是夜空都一样很美，一样治愈。那时她并不知道，这原来就是向上看的力量。

重新整理了一下问题所在，许芒慢慢地将思绪捋清楚，打算待会儿回去先找张荔枝聊聊，先弄明白她状态不好的原因再继续上课，不然讲多少遍她都很难真正听进去。

虽然想要帮助张荔枝提升数学成绩，但是在成绩之外还有更重要的东西，或许这也是张荔枝平时上课时的状态，既然如此，如果自己能帮助她找到合适的学习方式也是可以的。

他们在外面随意走了一圈后重新回到活动室，顾斯塔向许芒轻轻点了下头，用眼神给她无声的鼓励。

许芒回到位置上坐下。感受到身边的动静后，张荔枝也慢慢直起了身子。

瞥见张荔枝眸里未散的困意以及眼底不算明显的青色，许芒这才后知后觉明白了她为什么会趴在桌上，问："你是不是有点困？"

张荔枝有气无力地点点头，强撑着把眼睛睁开装作打起精神的样子免得被训，没想到却听到许芒说："没关系，那我们先不上课了。"

此刻真的清醒了不少，张荔枝有些惊讶地睁圆了眼："不上课也可以吗？"

"嗯，我们随便聊聊天吧。"许芒认真点头先找了个话题，"嗯……你昨天几点睡的？"

"三点？"张荔枝放下原本因为上课而烦闷的姿态，重新趴回桌上顺口回答着她的问题不确定道，"我也不知道几点睡着的。"

"怎么那么晚睡？"

能听出来许芒的话里没有丝毫指责的语气，而是纯粹的好奇，所以张荔枝配合地继续回答："玩手机咯。"

被张荔枝的诚实戳中，许芒跟张荔枝一样趴在桌上压低声音对她说道："其实我昨天晚上也玩手机到两点才睡的。"

"原来老师也会熬夜玩手机。"张荔枝没憋住自己的笑容，"那你上课不会困吗？"

"有一点点吧。"许芒开着玩笑向她提议，"下次我们都早点睡怎么样？"

两个人之间的约定远比直接提出建议更让人容易接受，张荔枝直接笑着点头了。

第二次见面时，张荔枝对许芒说的第一句话就是："我昨晚十点就睡了哦。"

闻声许芒先真诚地夸赞了她，随后才掏出教材准备给她上课："既然我们这次都休息好了，要不要先试着学习一下？"

虽然有些不情愿，但张荔枝想起自己糟糕的数学成绩还是配合地拿出了笔和纸。

这次的上课效果比之前好了不少，许芒能感受到其实张荔枝本身的学习能力是没有问题的，也有一定的数学思维。但没过多久还是出现了上周那种状况，有一道题许芒讲了整整五遍，张荔枝还是没听进去，而且不管她怎么提问引导张荔枝都始终一言不发。

她有意观察了一下张荔枝的状态，并没有困倦疲惫的迹象，与其猜测再花时间验证，倒不如直接停下来询问理由。

许芒放下手里的笔："我们先不讲这个题了，你可以告诉我现在你在想什么吗？"

见张荔枝还是没有要开口的意思，许芒真诚地看着她添了一句："与题目有关的想法可以说，与学习无关的其他任何想法也可以说。"

宽阔的活动室里不同的声音交杂在一起，有的老师在上语文分析文言文，有的老师在听写英语单词，有的老师在讲书法……好像只有她们这里是安静的。时间变得缓慢后世界反而变得真切，许芒没有再说什么话催促，耐心地等着她开口。

不知道过去了多久，张荔枝才出声："我在想……世界是不是真的是个鱼缸？"

没有上下文联系的、毫无预兆的，她的回答就像一句诗突然出现在现实里。没有好奇或者疑惑，许芒莫名地觉得不管她说什么都是理应存在的，存在即合理。

"大概是的，"许芒若有所思地点头回答，"世界可以是个鱼缸。"

那天许芒和张荔枝聊了很多，从鱼缸聊到外星人，又从外星人聊到恐龙，张荔枝说她很喜欢散文和小说，许芒说自己喜欢诗歌。

或许是同样对文字的喜爱让她们更亲近了一些，张荔枝终于敞开心扉说出了自己上课时为什么会出现之前那种情况："其实我刚才走神了，所以一直没听你在讲什么。"

对这个答案已经有所预期的许芒没有责备她，而是很诚挚地说："有些时候走神并不是一件坏事，思绪在走神里得到发散，会诞生很多有意思的想法，我觉得像你这样能够有自己的思考和认识是一件很难得的事。"

"但是——"尽管许芒自己也不喜欢"但是"这个词，可她还是得说，"但是你刚才也说了自己以后想要去一个好的大学，那这样就需要学习。其实不仅是学习，生活中有很多事都需要我们集中精神专注地去做，在这些时候我们要尽力不走神。"

这是张荔枝第一次听到有人告诉自己，走神并不是一件绝对不好的事，可以走神，不过在某些时候需要克制。许芒的话里没有"必须"和"一定"，而是"需要"和"尽力"，哪怕只是在语言里也给她留了一些自由的空间，将主动权交给她自己。

张荔枝也是在那个时候隐约感觉触碰到了"自我的形状"，因为许芒说存在即合理，她的胡思乱想是有意思的、她喜欢看的"闲书"是有意义的。她是有学习能力的，她是能够选择的。

"许老师，"张荔枝敛神，无比认真地对许芒说，"我们再看一遍那道题吧，这次我会努力不走神的。"

事实证明，那道题只要她集中注意力听的话一遍就能弄明白，与之相关的练习题也都能顺利解出来。

很多时候学不好其实是恶性循环在作祟，学不好的东西自然不感兴趣，而不感兴趣只会更学不好。

当学习变成正循环后，一切会慢慢朝着好的方向发展，每当弄懂一道题后都有一定的成就感，这份正向反馈能够激励人们继续学会下一个知识点。除了外界反馈外，遇到瓶颈时也可以给予自己一些肯定，用自身的反馈继续往前走。

聊开之后许芒和张荔枝之间的课程总算顺利了很多，感觉到张荔枝走神时，许芒会停下来跟她聊几句让她整理思绪。

估计是因为许芒是个很好的倾听者，张荔枝上课的积极性增加了很多，课后也会主动跟她分享自己的一些想法。

临港大学离这个社区的距离不远，步行只需要十六分钟，每次志愿者活动结束后大家都会结伴一起回去。

一行人浩浩荡荡地走在路上，人行道不是很宽，大家最后往往会被分成几个人并行，话不太多的许芒和顾斯塔习惯走在人群末尾，自然而然地并排走到了一起。

他们偶尔会聊起自己带的学生。顾斯塔负责的是个叫王连超的男生，跟张荔枝一样今年念初一，而且也是数学成绩不太好。王连超上课时不怎么说话，大多时候在自己默默地算题，但用的全是自创的错误算法。

顾斯塔也尝试过从最基本的数学原理跟王连超讲，想让王连超改掉自己想当然的算法，可始终没有什么效果，他该怎么做还是怎么做。

许芒大概了解一些情况，但毕竟不是专业的老师，因此也没能提出什么有用的建议。

"许老师。"

一道轻唤声将许芒的思绪拉回，许芒顿了会儿才反应过来是身边的顾斯塔在叫自己。她不明所以地眨了下眼，好奇他为什么突然这样称呼她。

"其实我之前听到你和学生聊天了。"顾斯塔有些不好意思地出声解释。他们本来就坐得很近，能听到双方说话是难免的，许芒平时也能听到他上课的内容，所以对此并没有什么特别的想法。他提起这个应该有别的用意，她点头示意他可以继续说下去。

从她澄澈透亮的眸中得到鼓励，顾斯塔没有绕圈子，直接说出了自己的请求："我也找我学生聊过，但没什么效果。不知道你下周可不可以帮我跟他聊一聊？"

没想到有一天不善交际的她也会被委托帮忙聊天，但这个人是顾斯塔的话好像又不是不能想象，因为很多时候感觉他的确比她更加内敛。

深知这一点的许芒明白他这个请求的重量，而且他会找她帮忙也是相信她的一种表现。所以许芒没有犹豫，果断应声同意了："我可以试试。"

比起担忧自己能不能帮到他，她心底更深的感触是被需要的感觉，可以超越结果为之尝试。

人与人之间的往来好像总是免不了相互"麻烦"，已经渐渐找到自己的边界线习惯独处的他们俩，其实很少会主动找人帮忙。可准确来说，他们从认识之后就总是在麻烦对方，只不过这层特别之处他们都没有发现。

新的一周志愿者活动如期而至，许芒事先已经跟顾斯塔对接好上课进度，来到社区活动室之后他们先跟各自带的学生说明了一下今天暂时换老师上课的情况。大概因为他们一直以来都坐在隔壁座位，换老师也不会觉得很陌生，所以两个学生都同意了。

不知道为什么张荔枝看起来显得尤其兴奋，许芒走之前叮嘱她记得尽量少走神，她笑着连连点头。

拿着东西坐到隔壁后，许芒还是放心不下张荔枝，在正式上课前忍不住转头看向他们。

顾斯塔坐得挺直，正在仔细检查手里的教案，好像是听到女孩要跟他说什么，他耐心地将身体微倾靠近她。

在许芒疑惑好奇的目光中，张荔枝一脸狡黠地趴在桌上，用只有她和顾斯塔两个人能听到的声音问自己身边的人："顾老师，你是不是喜欢许老师呀？"

Mangde
Sita

第八章

严冬的秘密

从许芒这个角度看过去只能大概看到他们在说悄悄话，完全看不到顾斯塔的神色，只见他身形微顿了会儿像在说话，不知道他说了什么，张荔枝扬起大大的笑容从桌面上直起了身子。

注意到旁边望过来的视线，张荔枝面带笑容地和许芒对视上，有些俏皮地朝她眨了眨眼后抑制不住笑地低下头了。

感受到张荔枝的动作，顾斯塔眼疾手快地拿了道题放在张荔枝面前让她先尝试着做一下，随即装作一脸平静地转头跟许芒点头致意。

虽然很好奇他们刚才聊了什么，但想起正事许芒还是敛神专注当下了。

她跟顾斯塔一样翻开手里准备的教案先找了一道题给王连超做，自己则坐在一边认真地观察他的做题过程。

王连超读完题后想当然地开始提笔写算式，做题的速度不快也不慢，随便算了一通后写出了结果。许芒没有直接跟他讲解这道题，而是又拿了一道类似的题给他做。

他还是按照刚才的方式把题写完了，同时她也敏锐地发现了他做这两道题的异同点。他写出来的式子都是拿题干里的数字随便列的，没有固定的思路，但计算时的错误是一致的。

就像顾斯塔说的那样，王连超有自己的一种错误算法，做题列式也都是凭感觉做的。这种情况下许芒不打算问他式子是怎么列的，她想问的是他的计算过程："同底数幂的算法顾老师和你们学校上课时应该都讲过了，你能告诉我这个地方你为什么这样算吗？"

看王连超没有说话，许芒换了个思路拿起笔在纸上边写边说："那这样，我们可以举个例子验算一下你的算法是否正确。"

大概是因为她只给他上这一次课，王连超并不担心反驳或者说什么话会影响之后的上课和相处，他第一次主动说出了自己的想法，其实也是他上课时一直想对顾斯塔说的话："你怎么保证你的验算就是对的呢？"

只是很简单的一句话，许芒却隐约明白他为什么会一直坚持自己错误的算法了。她放下手里的笔抬眸看他："你是不是并不觉得书上教的就是对的？"

"对。"王连超皱眉点头，话音里有不解也有不满，"我们凭什么必须得按照书上的公式做题？"

许芒不由得想起之前跟张荔枝聊天时的情况，张荔枝也有类似的想法，她说她并不相信这个世界上有完全一样的东西，而那时他们正好学到的是图形全等，书上说满足条件后就可以证明两个三角形全等。在做题之外张荔枝总是很好奇，全等的三角形真的是完全一样的吗？

王连超的想法大概也是这样，比起按照书上的运算法则进行计算，他更想凭自己的感觉算题。

或许他们并不是因为学不好数学所以才考差的，而是因为上了初中后数学法则变多，突然间接触太多固定化公式的他们暂时还不相信数学。

"对事物保持质疑是一件很好的事。"许芒是真心觉得他们有这些想法很特别，尤其对已经有些固化看待世界的她来说真的非常难得。但很多事物都有正反两面，一味的质疑有时可能会困住他们的认识。

许芒想了想继续对王连超说道："在主观之外还存在着客观的事物，在我看来数学算是一个相对客观的学科，你可以保持质疑的态度，也可以相信它不是真理。可质疑需要举证，就像辩论一样，在举例反驳之前还是需要去理解它，所以我们能不能暂时放下对数学的不信任，先试着理解一下这些算法？"

其实她也是在上了大学之后才慢慢意识到，学习本身并不是为了让人们强制性去记忆或者认同什么东西，而是想让人们了解一些相对来说比较成熟的经验和规律，这种经验性的知识被分类总结后就形成了不同的学科。

理论上来说，对每个知识点只需要理解之后重复应用加深记忆就能学会，有些时候人们会忽略最基本的理解直接应用做题记忆，但这样的记忆效果并不长效，也很难达到真正学会的效果。

许芒猜测王连超的问题大概在理解上，他并不相信数学，也不理解运算法则，所以总是自己想当然地做题。

她尝试着跟他聊了一些数学的来源和发展，告诉他可以把数学法则想象成一种规律去理解和接受它，做题时如果感觉这些规律没记清楚也不要随便写，可以翻书确定规律的具体内容后再继续往后做。

任何知识点会遗忘都是正常的，平时做题的目的不是为了随便列出一个式子写出一个答案填补空白，而是为了在题目中应用知识点填补记忆。

聊天就是双方相互分享各自的想法，许芒没有试图"说服"王连超一定要理解或者听从自己说的话，而是认真地倾听着他的每一句话，积极给予回应，适当地跟他说一些自己的想法。

那天志愿者活动结束后，许芒和顾斯塔一起走在回学校的路上，他率先出声道谢："我今天听到了你们聊天的内容，大概知道以后该怎么跟王连超上课了。"

顾斯塔也是今天才明白，最重要的不是怎么教会王连超知识点，而是需要改变他和数学之间的关系，是要思考怎样让他相信数学、理解数学。

"授人以鱼不如授人以渔"，比起提升学生的成绩，他们作为志愿者更应该做的或许是了解学生、陪伴学生建立起适合自己的学习方式。

"谢谢。"他诚挚地对许芒说。

"没关系的。"她仰头看着天边落下的晚霞，绚烂一片的橙红色映得整个世界明亮温暖，像是一场盛大的烟火。

其实许芒也很感谢顾斯塔，如果不是他找自己帮忙的话，她也不知道原来曾经以为自己总是想太多、过于敏感的性格在交流中也能派上用场，她的敏感多虑和共情能力反而能帮助她猜到他人心底的一些想法。

"我在和王连超聊天的过程中也感受到了很多。"许芒笑着对他说，"每一场对话都像一次旅行，能够认识到不一样的人和不同的想法，这种感觉还挺神奇的。"

顾斯塔若有所思地点了点头，顿了会儿认真启唇问道："你更倾向于跟性格一样还是不一样的人交往？"

"以前我总觉得性格一样的人才能做朋友。"所以她曾经一直在努力"合群"，积极融入到集体中。那时候她很讨厌自己内向敏感的性格，无比渴望自己能变得外向大方。

"我是因为一个人才发现原来人与人之间其实是可以不一样的。"说出这句话时心跳不自觉变得杂乱，许芒没有看他，自顾自地继续往下说，"他让我不再纠结于自己的性格，让我开始接

183

受每个人的不同。

"所以我现在觉得不管是一样还是不一样，都是可以成为朋友的。"她说。

顾斯塔转过头看向一直目视前方且双眸坚定的她，沉吟道："听起来那个人好像给了你很大的影响。"

低喃声入耳牵起一阵莫名的酥麻感，尽管许芒已经大胆地当着他本人的面说他了，但此刻还是有些不好意思地顺着他的话点头承认，耳根在心跳声中渐渐浮起热气，连带着双颊也变得有点热。

许芒回避着他的视线将头转到了另一边，掩藏住脸上的薄红，脚下的步伐莫名加快了些。

走在他身边的她紧张得心跳快要破表，丝毫不敢转回头看他。好在他们已经差不多走到学校门口了，许芒眼尖地发现不远处的人，正好顺着侧头的动作朝他挥手打招呼："明辉哥！"

顾斯塔循声望向远处，收回视线时又看到了许芒脸上扬起的好看笑容，仅是随意一瞥也能感受到她看到那人的惊喜。

万明辉听到声音也笑着抬起手示意，快步走到许芒面前，一脸宠溺道："我还以为你没看到我发的消息，正打算打电话给你呢。"

"什么消息？"

许芒有点蒙，掏出手机确认信息的动作被万明辉拦下，两个人的手自然搭在一起，他拍了拍她的手背示意不用看手机："我就知道你没注意，没关系，我们一边走一边说。"

"去哪儿？"她失声笑了出来。

万明辉故意卖关子没回答，抬手搭在她肩上，轻轻使力佯作将她推走的姿势。

许芒配合地跟他一起转身迈开脚步，走之前不忘回头跟顾斯塔道别："我有事先走啦。"

这是顾斯塔第一次见她和别人相处得那么轻松自然，他们之间看起来就很熟。

他站在原地望着他们一起离开的背影，打闹聊天之间那两个人脸上都带着笑容。回想起许芒刚刚说的那个对她影响很深的人，顾斯塔的眸色暗了暗。

走到学校附近的广场后，许芒才知道是万叔来临港看万明辉，所以叫上她一起吃饭。

许芒和万明辉从小一起长大，两家父母是很好的朋友。知道是万叔来后许芒还以为她爸许志勋也会顺路跟着一起来，因为他们的父亲是同事，都在临港附近的南沂上班，而且之前许志勋也说过有时间会来临大看他们。

万明辉看出她的期待，虽然不忍心但还是直接告诉她了："许叔没来。"

嘴上说没关系可心底还是在意的，许芒的兴致明显没有刚才那么高了，连笑容都有些勉强。

万叔提前在餐厅等他们，见到人后他一眼就看出了许芒的失落。打小看着长大的孩子有什么情绪都能轻易辨认出来，他叹了口气语重心长道："小芒啊，听叔一句话，咱对你那个爹少抱一些期望。"

本就在意许芒心情的万明辉急忙使眼色出声："爸，你怎么这么说？"

"不提这个了。"万叔知道刚刚这话不该提，迅速收拾好思绪支开话题，"你们看看想吃点什么，咱们好不容易见面，一边吃一边聊。"

饭桌上他们都默契地避开了许志勋，万叔笑着夸赞许芒："还是小芒争气，顶着复读那么大的压力最后还是考上了，要是明辉这小子当年没发挥好肯定不会复读的。"

万明辉轻咳了一声示意他爸自己还在，没必要踩一捧一，而且他这都已经在临大读几年书了，也从来没见他爸这样夸过自己，果然家长都习惯在人前夸别人家的孩子，在人后炫耀自家的孩子。

万叔象征性地瞥了他一眼，想起什么严肃道："你在学校有记得照顾小芒吧？"

"有的。"提起这个，许芒放下筷子认真出声回答，"明辉哥经常请我吃饭，还带我在临港玩过。"

万明辉正想邀功，就听到万叔不满地念叨道："之前让你开学接小芒你不是也没去？"

"我这不也得负责我们院的新生嘛。"他无奈地吃瘪，不过这样说起来以他们这个交情，开学的时候自己没去接许芒好像确实说不过去。

这般想着，万明辉满怀歉意地看向身边的许芒。默默看着两父子"斗嘴"的许芒被他们的相处模式逗乐了，笑着摇头示意真的没事。

许芒对于父亲的理解和认识很多时候都是从万家看到的，她常常会通过万叔怎么对待万明辉来想象一个父亲应该是怎么样的。

虽然万叔和许志勋是同事，但许志勋很少回家，每次回来也只待几天，许芒和他相处的时间更是屈指可数，他们父女基本上没有坐下来一起聊过天。

所以这次许志勋没来她也没有失落太久，连理由都不太想问了。她总是告诉自己，这个世界上每个家庭的相处模式都不同，只要习惯了就好。

事实上许芒也一直在尝试理解许志勋，或许是许志勋工作真的很忙抽不出时间，或许他本就是这样沉默寡言的性格，不管怎么说他都是自己的父亲，他们永远是一家人。

有人把父亲比喻成一个家庭的根，只要有他在，这一家人无论在生活中遇到什么都会觉得身后有无比坚硬的后盾，这种安心感和底气大概是每位父亲与生俱来所能给予家庭的特质。

对许芒来说，许志勋就是这样的存在。尽管他总是缺席，但她依然能感觉到他所给她带来的力量。

那天过后，不知道为什么万明辉找许芒的次数比之前勤了很多，时不时就会打电话约她吃饭或者带她出去玩，许芒问起时，万明辉也只是说他爸上次来让他多照顾她，而且他也觉得自己作为已经在临港生活了那么久的学长，理应多带她熟悉熟悉环境，跟她分享一些自己认为好吃的店。

对林景恺她还比较好拒绝，对一起长大的哥哥她就不好总是拒绝了，因此万明辉找她时，她能去的话尽量都去了。

转眼已到十二月，开学至今基本没怎么约上许芒的林景恺能感觉到她的疏离，但他深知现在跟高中时不一样了，大学他们不在一起上课，很少见面，关系自然会变淡。再加上林景恺本来也了解她的性格，所以他后面没有再频繁发消息约她，而是像之前一样主动创造两个人碰面的机会。

在这期间，林景恺其实已经发现了许芒那时候参加的阅读社紧张的原因是顾斯塔，也发现他们一起参加了图书馆主题书展活动。

他目睹着许芒一点点努力靠近顾斯塔的过程，也明白他们还没有在一起，自己还有机会。

林景恺上个月找人问到了物理系的课表，他没课的时候就会对照许芒的课表看她在哪里上课，看自己能不能找她偶遇。

这周五下课后林景恺就打算去许芒上课的教学楼，准备在楼下假装无意碰到她，然后顺便邀请她一起吃饭。

计划是理想的，但实践起来难免遇到变数。

站在第一教学楼对面树下的林景恺，看到许芒出来后还没来得及迈开脚，就发现另一个男生径直朝她走去，两个人扬起笑容聊着天一起离开了。

目光跟着他们走的方向移动，林景恺在原地顿了会儿才抄近道走到他们会途经的路口，像自己练习过很多次的那样假装偶遇跟她打招呼道："许芒！"

许芒有些意外，也抬起手跟林景恺打了个招呼。

回想起自己上次光顾着带许芒去见他爸都忘记跟当时她身边的同学打招呼的事，万明辉面目温善地朝林景恺笑了笑致意。

"这位是？"林景恺移开和万明辉对视的眼看向许芒问道。

感受到男生身上的提防，万明辉拖长语调道："你又是？"

"我是许芒的高中同学。"林景恺回答得很快，急迫地想知道答案。

见此，万明辉忍不住想逗逗他，故意一脸无害地笑道："我是小芒的竹马。"

许芒闻声用手肘轻碰了一下万明辉，没能说些什么解释的话，就被他哀怨的眼神堵住了："小芒，我们难道不算青梅竹马吗？"

知道万明辉戏瘾犯了，许芒有些无奈地笑，就这样偏过脑袋静静看他表演。

从林景恺的角度看过去两个人含笑对视着，女生一脸纵容地专注看着男生，男生唇角的弧度愈深，憋着没笑出声。

光是这个很小的动作，就能看出他们哪怕不是青梅竹马也是认识很久的朋友，林景恺不自觉地抿直唇线，心底堵得沉闷不通，早知道不追上来问了，不管答案是什么都只会让自己更在意。

好在他的室友正巧路过叫他："林景恺，你刚才下课不是说有事要先回宿舍吗？"

"马上就回去，等我一起！"说着林景恺跟许芒他们说了声后就转身走了，他装作无事发生的样子，笑着抬手揽上室友的肩一起走远。

万明辉等人离开后才忍不住笑出声："你同学居然被我逗跑了。"

"你无不无聊？"许芒无奈地摇头表示不理解。

"我说的本来也没问题嘛，"万明辉抬手摸了摸鼻子，"我们的确是青梅竹马啊。"

"嫂子听到这话该在意了。"

许芒顺着万明辉的话随口一说，没想到万明辉笑得更厉害了，腔调满不在意："你嫂子在哪儿呢？"

"你还没找吗？"说起来他们确实从来没聊起过感情的事，许芒一直以为大学三年他应该已经谈恋爱了。

"我现在不是也没妹夫嘛。"万明辉笑着打趣她道，"你应该跟我一样还没有遇到喜欢的人吧？"

本来话接得挺顺的人突然没声了，他敏锐地感觉到了异样，他迈步在她面前停下，脸上的神情也认真了不少。

万明辉话音笃定："你有情况。"

还没做好准备跟万明辉说这些，许芒心虚地垂下眼含糊不清道："没……"

"你初中偷偷熬夜看电视的时候也是这样的。"他说，"喜欢是一件多美好的事啊，当然可以直接说出来。"

许芒抬头看他，忍不住赞同地点了点头。喜欢大概是这个世界上最珍贵的一种感受之一，它会让人心动，会给人带来无数情绪体验和力量。

感受到他眸中真诚的鼓励，她没再顾虑，直接说出来了："我喜欢的人是高中校友，现在也在临大读书。"

"物理系的？"万明辉见许芒点头后露出"果然如此"的表情，"我就说你初中的时候明明物理学得最不好，我给你补习你也不听，怎么高中就突然喜欢上物理了，甚至大学专业也选的物理。"

想起以前给她补课时的情景，万明辉还是有些不放心道："你现在学物理没有感觉很勉强吧？"虽然知道她不会因为喜欢而勉强自己，但他还是想确认一下，希望喜欢所带给她的是积极而不是消极。

"完全没有，"许芒认真地笑着说，"我现在真的很喜欢物理。"

现在她和顾斯塔算不上是无话不聊的朋友，可也不是刚认识的陌生关系，准确来说是一种"朋友未满"的状态。

许芒知道，自己不会想用"朋友"形容他们的，她从头到尾都只想礼貌地靠近他，一点，又一点。

在真正告白之前，她会认真地把自己的心意藏好，不干扰他们之间的自然交往。

等到时机成熟，等到她能接受可能被拒绝的结果，等到他或许更了解她的时候，到那时她会告诉他的——

怎样的她，怎样喜欢着，怎样的他。

"看来你真的很喜欢他。"能因为一个人喜欢上一门不感兴趣也不擅长的学科，或许就是喜欢所能带来的力量。

看着她脸上开怀真心的笑容，万明辉不由自主地短暂走了会儿神，及时将心事收起来后才退回到她身边并肩一起走。他咽了咽嗓子，尽量让语气轻松自然一点："开心就好。"

最近，她好像总是听到他说这种话。

——"你现在开心吗？"

——"开心最重要。"

——"要记得让自己开心。"

………………

　　总觉得哪里怪怪的，许芒如实向万明辉提出了自己的疑问，但万明辉只是说："我本来就是及时享乐主义者，当然要时刻确认你是否开心了。不管遇到什么事，照顾自己的情绪永远是最重要的。"

　　"听你这么说，我怎么感觉要发生什么事了？"许芒无意识地皱起眉头。

　　"你看看，这不是就提前担忧未来了！打住打住啊，咱们去吃好吃的。"万明辉习惯性抬手搭在她肩上将她推着走，同时也躲在她身后掩住了自己的情绪。

　　不远处的栏杆旁，有人一直默默留意着他们的动静，尽管隔了一定的距离，却还是能清楚地看见两个人的互动。

　　随意垂在栏杆上的手不知道是什么时候握紧的，顾斯塔没移开自己的视线，依然倚靠在栏杆边望着他们离去的背影。

　　林景恺跟室友走了一段距离后，不自禁地回头看了眼他们，匆匆一瞥后，心底的好奇越发不可收拾，后来直接变成三步两回头。他也是在这个时候注意到了栏杆边的人，顺着那人的视线望过去正好也是自己在看的方向。

　　感受到林景恺频繁的转头动作，室友疑惑出声："后面有什么吗？"

　　闻声林景恺适时停下脚步对室友说道："你先回去吧，我还

193

有点事。"说完他就果断地朝顾斯塔站的地方走去了。

上去前林景恺在便利店买了一瓶汽水拿在手里，装作自然地去栏杆边吹风喝饮料的样子。顾斯塔听到身边的动静侧头看了一眼，林景恺主动跟他搭话道："好巧啊，在这里也能遇到你。"

他补充了一句："我们开学的时候见过面。"

"我记得你。"顾斯塔淡然地点头。

猜到林景恺有话要跟自己说，所以他开门见山道："你想跟我说什么吗？"

准确地说，他们其实完全不认识对方，但不知道为什么莫名有种很熟悉的感觉，林景恺对顾斯塔的感情尤其复杂，刚刚看到顾斯塔在这里，他头脑一热直接就上来了，根本没有想好要跟顾斯塔说什么，又或者说有太多话想跟顾斯塔说。

空气中有一段时间的静默，周遭安静得只剩下风声。林景恺整理着脑子里乱七八糟的思绪，仰头将手里的汽水一口饮尽："也没有什么特别的事，就是突然很想问你一个问题。"

他扭头看着顾斯塔问："如果你喜欢的人已经有喜欢的人了，那你会怎么做？"

这一次换作顾斯塔沉默了，眼前浮现起刚才看到的和睦画面。他跟过了很久才提出问题的林景恺一样，沉思了会儿启唇："喜欢一个人是自己的课题，与对方是否喜欢自己无关，我会尊重她的喜欢。"

“所以你会放手吗？”

　　“嗯。”顾斯塔望着远处沉沉地回答。

　　听到了意料之外的答案，林景恺不理解地皱紧眉：“为什么？”他怎么能够这么轻易地对待一份感情，不争取一下说放手就放手了？

　　“不是每份心意最后都能圆满的，喜欢本就源于自己的内心，无法强加给对方。月有阴晴圆缺，总要接受残月的存在。”一字一句说完后，顾斯塔不自觉垂下眼睫轻声低喃，“有些时候放弃比坚持更需要勇气。”

　　被他不作为的话惹怒，林景恺用力捏紧手里的空瓶，手背上青筋凸起：“我不知道你有没有喜欢的人，但如果你用这种轻飘随意的态度对待感情的话，我劝你最好不要轻易答应别人的告白。”潜台词是他这种不负责任的人根本不配谈恋爱。

　　林景恺本以为自己说的话已经很过分了，但顾斯塔的神情丝毫没有波动，还是跟最开始那样淡然平静，仿佛对什么都不在意，天生就是一个淡漠无情的人，不会生气也不会理会外界的评价。

　　跟他说话就像一拳打在棉花上，反而显得自己太过激动，林景恺冷静下来后有些别扭地跟顾斯塔道歉：“对不起，我越线了。”

　　转身离开的时候，林景恺没忍住还是多说了一句：“如果你对许芒没感觉的话，希望你能跟她保持距离。”

　　听到许芒的名字，顾斯塔这才直起了身子，高挑的身形立在栏杆边回头跟林景恺对视上："你先专注自己吧。"

顾斯塔说话的语气明明没有任何情绪，比起针对反驳来说更像一句诚恳的忠告，可还是让林景恺心底变得更加沉重无力，他自嘲地扯唇笑了下，转身迈开脚步离开了。

之后林景恺再也没有找过顾斯塔，极其偶然地在学校里遇到也当作是陌生人擦肩而过，他们本就是因为许芒才联系在一起的，也由于对感情不同的看法而重新做回平行线。

许芒并不知道他们单独见过面，也完全不知道他们之间的对话，却知道了万明辉为什么最近总是找自己。

在大学第一个学期快要结束之时，许澜告诉许芒，她和许志勋离婚了。

她的父母在她完全不知情的时候离婚了，提起理由也只是简单地说相隔两地太久，觉得没有必要再继续下去。

许芒知道自己应该尊重他们的选择，但还是控制不住地悲伤。每年她最期待的日子是过年，因为他们一家人只有在那时候才能团聚，现在连这样短暂的几天也没有了。

其实这些年都是这样过来的，许芒理应习惯了这种不完整的家庭，但真正告诉她，他们不在一起了，她还是会觉得缺了什么，而这种不安的空缺感此刻也变成了彻底的缺失感。

万明辉得知许芒已经知晓她父母离婚的事后，没有立马去找许芒安慰她，而是等她先自己消化几天后才约她出来见面。

虽然许芒从小就很少表达自己，平时看上去也不怎么重感情，但他知道她其实很在意这些，一次次懂事掩住的失落和一次次克制压抑的悲伤从未真正被化解过，一直都扎在她心底的最深处，父亲对她来说从来都是重要的。

当看见许芒苍白的脸色和空洞无神的双眸时，已经有心理准备的万明辉还是忍不住替她感到不值，话语里都是心疼："不是说好要记得照顾自己的情绪吗？"

自从接到许澜通知她的电话后，许芒就一直是这个状态，脑子里有数不清的问题和想法，没有精力也没有心情做其他事。但每次拿起手机想打电话给许志勋问清楚的时候，又不知道该怎么开口，亮着的手机屏幕在她的犹豫和等待中一次又一次熄屏，就像她一直以来一次又一次想靠近父亲却又缩回的脚步。

到底该怎么理解家庭的含义，该怎么解释他们的分开，该怎么描述他们父女之间的关系……这些问题一直萦绕在她脑中。

望着眼前熟悉亲切的人，想要假装没事的她还是红了眼圈："明辉哥，你可以帮我跟万叔问一下我爸的地址吗？"

他大概早就知道了自己父母离婚的事，所以最近才会经常带自己吃喝玩乐，让自己在悲伤到来之前多感受快乐——许芒很感谢他对自己的照顾。她知道有些话直接问反而会让他为难，因此她打算自己去寻找答案。

注意力都在她泛红的眼眶上，万明辉急忙从包里掏出纸巾，动作轻柔地替她擦去眼角的湿润，另一只手轻轻拍着她的后背无声抚慰。

这是顾斯塔第一次在许芒宿舍附近遇到她，看到的却是男生安慰着哭泣的她这一幕。

很轻易地就辨认出了替她擦眼泪的人是之前看到过的男生，顾斯塔垂眸停下脚步，没再继续往那边走，而是默默转身走了另一条路。

没有放任自己沉浸在悲伤中，许芒很快止住了无意识流下的眼泪，她坚定地抬眸望着万明辉，用眼神继续向他请求帮助，想要知道许志勋的地址。

"你确定要去吗？"万明辉面色凝重地问。

许芒重重地点头，不管答案是什么她都想搞明白，哪怕会受伤也好，她只想给自己长久以来的问题一个准确的回复。

万明辉是在周五晚上把地址发给许芒的，许芒拿到地址后买了第二天一早的车票，并且提前跟志愿者活动的负责人请了假，拜托顾斯塔帮忙带上张荔枝一起上课。

收到许芒的消息，顾斯塔犹豫了很久还是将对话框里询问的话删掉了，最后只是回了她一个"好"字。

许芒没有注意到聊天框顶部一直显示的"对方正在输入中"，想着父亲的事的她翻来覆去一夜未眠，第二天在高铁列车上才又收到了一条来自顾斯塔的消息。

ST：希望你一切都好。

看到消息的那瞬间，许芒忽然觉得不管自己即将面对什么都不重要了。她的生活里不只有许志勋，还有其他重要的人挂念着自己，她不能被自己的想象或者猜测所困住，既然决定了要来找答案，勇敢地面对一切就好了。

不知道是不是因为顾斯塔那句话让她忐忑不安的心有了落点，许芒下了高铁列车后打车去许志勋住处的途中格外平静镇定，不再胡思乱想，也不再诘问自己。

到达目的地时已经是中午了，小区里飘着各家饭菜的香味，阳光轻柔和煦，许芒按照早已牢记在心的门牌号认真寻找。许志勋住的小区很大，她第一次来到这个陌生的地方，找了很久才找到他所住的那栋楼。

她久久地站在楼下仰头望着，她想的不是许志勋有没有在家、如果在家的话在做什么，而是在想以前每次知道他要回家时，自己总是待在窗前往下望等待他的场景。

曾经那么期盼见到他，为什么此刻会害怕看到他呢？

听到楼道里有人下来的声响，许芒本能地躲在了一旁的墙边，小心翼翼地探头看过去，发现不是许志勋后才松了口气。

真正到这里后才知道自己到底有多么在意，她背靠着墙面打算先冷静下来重新整理思绪，一遍遍无声练习着之前准备好要问他的问题。

头顶的云层很厚，路过的太阳半遮半透，整个世界忽明忽暗，随着时间的流逝，地面上被阳光照亮的地方也悄然移动着，远离了许芒所站的位置，她就这样被彻底掩于墙后阴处。

　　熟悉的身影就在这时毫无预兆地突然出现在她眼前，许芒刚站直身子，还没来得及喊出"爸"，下一秒就听到了一道清脆稚嫩的声音高喊着"爸爸"，再然后视线中多出一个肆意奔跑着的小孩，许志勋停下脚步回头，笑着蹲身张开手臂紧紧抱住了扑向他的孩子。

　　这温馨的一幕曾无数次出现在许芒的梦里，直到此刻真实看到只觉得恍惚。她记忆里的他永远站得离她很远，更多时候都只有一个背影。她从来都不知道原来他也会停下脚步回头，原来他也会笑着拥抱孩子。

　　眼前的画面还在继续变得更完整，一个和善的女士走上前把许志勋身上的孩子抱下来，轻声嗔怪着让他不要总是惯着孩子。许志勋的声音响亮带笑："现在不抱孩子以后都抱不动了，让我这个做爸爸的多带带孩子吧。"

　　"妈妈肯定是吃醋了。"孩子笑着重新张开手臂抱住许志勋。

　　许志勋轻松地把孩子抱了起来，并且伸手揽着身边的女士："妈妈可大方了，才不会那么容易生气的。"

　　女士被他们的一唱一和逗笑，宠溺地轻点了点孩子的鼻尖："好啊，你们俩一起打趣我是吧……"

一家三口欢笑着走远了，待在角落的许芒从始至终都没有动过，不知道过了多久才回神掏出手机买票回临港。

她终于明白了那天一起吃饭时万叔说的话，也明白了许澜对于离婚的事为什么闭口不提。

许芒想问许志勋的那些问题统统不需要再问出口了，因为答案已经显而易见。他并不是不会爱孩子和家庭，只是这些爱都给了其他人而已。

折腾了一天，回到学校时已经是晚上了，周末的校园显得格外安静，又或者说是许芒根本没有注意身边的环境，她觉得自己又困又累，只想把自己埋在被窝里。

许芒这一觉睡了很久很久，周日一整天都待在床上，直到周一要上课了才起来。那段时间正好期末周，她只是把情绪掩藏压抑住，每天都机械地复习刷题来转移注意力，只专注于眼前的考试。

或许这个世界上本就存在着无数不尽如人意的事，但学习不会欺骗人，付出多少努力和理解就有多少收获和答案。在学习里她能暂时忘掉一切，专注地只看着自己，看自己新学到了多少知识，看自己做对了多少道题，看自己犯下的错误该怎么修正。

某种意义上来说她很感谢还有考试拽着她往前走，毕竟能够通过考试解决的问题总会有确切的答案，对就是对，错就是错，有固定的标准进行评判。

大学的考试周里，图书馆和自习室总是坐满了人，大家都是忙碌充实的，各自为了考试而努力，全身心地投入复习之中，因此许芒身边的人并没有留意到她的沉默异样。万明辉知道这段时间最好让许芒一个人待着，也就专注于自己的考试没有去找她。

期末阅读社还有最后一次活动，许芒选择在线上和顾斯塔一起整理读书笔记，通过打字进行交流。再次见面时，她也只是简单笑着抬手跟他打了个招呼，不想将自己低沉的情绪传染给他。

该讨论交流的时候会跟着发表意见，许芒尽量在活动中表现得和以往一样，但顾斯塔还是细心地发现了她偶尔放空的视线和不自觉抿紧的唇线。

一天活动后，顾斯塔叫住了打算直接进图书馆复习的许芒，他站在一棵很大的树旁边问她："许芒，我们要不要聊聊天？"

新年伊始，临港的冬天是干燥的冷，他们穿着同样简单的黑色大衣站在寒冷萧瑟的一月里。

那是许芒所经历的最陌生、最冷酷的冬天，但顾斯塔叫住了她。

因为是他，所以她停下了脚步。

Mangde
Sita

第九章

大树一直在

许芒的记忆里浮现起高三晚自习顾斯塔独自坐在树下的那个夜晚，她站在远处的栏杆旁默默地看着他。而此刻站在树下的他是那么挺直沉稳，少年原本单薄的身形不知道在什么时候已经抽条成型，黑色大衣下肩宽腰窄衬得身形更加修长。

　　直到看到他迈开脚向她走来时，许芒才意识到自己点头后还一直站在原地。她将下巴往围巾里埋了些，也跟着垂头向他走去。

　　两个人走到大树旁站住，先提起聊天的人是顾斯塔，许芒在心底思考着如果他问起自己该怎么回答。

　　但跟她想象的完全不同，顾斯塔没有问她最近发生了什么，而是自然随和地轻声对她说："你听过'抱树'吗？拥抱大树。"

　　闻声，许芒反应了会儿后老实地摇头。陷在低沉情绪里的她淡漠迟缓，对一切的感受都模糊隐约，也不知道他为什么突然说这个。

　　他们都不是话很多的人，可那天顾斯塔意外地说了很多话。他仰头看着身边的大树启唇道："在大自然里，每棵树都是有能量的，它的能量稳定而坚韧，能接受人的一切情绪。

"当你张开双臂环抱大树的时候，树会听见你心底所有的声音，会理解你的所有想法，也会包容抚慰你的失落悲伤。"

说着，顾斯塔走近那棵大树，慢慢地抬手抱住了它。他偏过脑袋问她："你要来一起抱树吗？"

这棵树大概是学校里最大的树，立在图书馆旁边的草坪上，树干很粗很宽，上面的纹路都是岁月留下的痕迹。许芒仰头看着树的高度，头顶灰色的天空一望无际。

她听从顾斯塔的话走向前，带着沉甸甸的自己张开手臂，跟他一起伸手环抱大树。

将耳朵贴着树干，许芒闭上眼什么也不想地静静感受树的能量。

抱着树的时候，世界变得空旷起来，她听到了很多声音：风吹树叶的声音，远处人们的交谈声，来来往往的走路声……

还有顾斯塔说："树永远都在。"

他们伸手环抱着同一棵大树，就这样长久地站在树下。

那是许芒第一次意识到情绪不是用来解决的，而是用来感受和理解的。有些时候不一定要逼迫自己很快走出来，也可以像这样放任情绪存在，只是纯粹地觉察深陷在这些情绪里的自己有什么想法和反应，默默地倾听自己心底的声音。

怀抱里的大树坚固可靠，仿佛再大的风雨都无法将它摧毁，紧紧抱着大树的她也是，不管身负怎样的情绪都不会轻易被压垮，树会托住她的。

曾经许芒将父亲想象成自己的根，所以当许志勋真正离开后她会觉得空缺失落，觉得自己像是失去了根的人。但其实她从来都不是没有根的人，身后也并不是空荡一片。

大树一直都在，名为"自我"的根也一直都在。

能支撑她继续生活下去的绝对不会是别人，而是她自己。现在的她能够专心地复习，也能独自过好自己的校园生活，这些不是许志勋带给她的力量，而是她自己一点一滴积累起来的，属于自我的力量。

抱着大树的许芒终于迟缓地找到了自己的根。

这份坚定的认识让状态不算好的许芒顺利度过了大学的第一个考试周。

放寒假之前，许芒选完课发现自己下学期有量子力学这门课。想起顾斯塔之前有跟她聊过这个物理学乌云造就的理论，所以她主动找他借了这本《量子力学》，想在假期先自学一下，找点事情做，让自己回家也能过得充实一点，少被情绪困住。

事实证明，许芒的这份打算是正确的，因为回家后她不仅需要面对自己和许志勋之间的父女关系，还要面对许澜和他的婚姻关系。尽管许澜从来没有跟许芒提过这件事，但许芒还是能感受到许澜并没能真正放下。

许芒试着站在许澜的角度思考，发现她的问题比自己更难。许澜面对的是昔日爱人的变心和背叛，是一直艰难地维持着但最后还是破碎了的家庭。家里他们甜蜜的合照四处可见，她常常擦拭却依然阻挡不了时间的灰尘。

本就空旷寂静的家变得更加安静了。

如果想要宽慰母亲，最起码自己得先整理好情绪。好在顾斯塔告诉了她"抱树"这个方法，许芒偶尔感觉情绪不太对的时候都会在小区找一棵树静静地抱着，每次抱完树后，沉闷的心情都会被缓解很多。不过她很少这样做，更多时候会靠看书理解情绪，除非当看书也无法静下来时才会去树边。

那天许芒窝在家里看了一下午的书，但情绪还是很低沉，只好在傍晚天还没黑的时候裹着棉袄出了门，照常走到一棵大树旁边静默地感受树平和的力量。

就在她望着大树清空思绪时，衣兜里的手机突然振动了起来。许芒以为是家里人打的电话，停顿了会儿才动作缓慢地伸手掏出手机。

看清屏幕上的名字后，黯淡的双眸微动，她滑动手机接通了电话。

熟悉的嗓音穿过听筒在她耳边近距离响起，顾斯塔在电话里礼貌地问："许芒，你现在有空吗？"

"嗯。"许芒从干涩的嗓子里发出一声有些沙哑的回应。

像是察觉到了什么,那边短暂地停滞了会儿才继续说:"方便换成视频通话吗?可以只看我这边的视频。"

听起来顾斯塔打算给自己看什么东西,许芒好奇地同意了他的视频邀请。屏幕里先是一片黑暗,应该是他拿手捂住了镜头,恍惚中她听到一道模糊的摁打火机声,再接着眼前倏忽燃起了跃动的光亮。

熟悉的小蛋糕、点燃的蜡烛、远处的背景是他们那天一起过生日的岸边,在晚霞的照耀下海面波光粼粼,还有他说:"生日快乐。"

还没从呆滞中回过神,屏幕里多了一只白皙修长的手,顾斯塔没有出声解释为什么知道今天是她的生日,而是伸手小心翼翼地护着烛火:"我给你唱《生日快乐歌》,你可以一起许个愿。"

说完,他清了清嗓自然地唱了起来,净澈的嗓音将旋律唱得轻柔好听:"祝你生日快乐,祝你生日快乐……"

许芒从来没有想过自己没能为他唱的《生日快乐歌》反倒从他那里听到了。明明四周寒冷得手脚冰凉,但她心底却像升起了一轮暖阳,跟视频那边的临港一样绵延着艳丽的晚霞。

眼前的一切美好让她舍不得闭眼,她珍惜地望着屏幕里跃动的烛光默默在心底许了个愿。

"许好愿了吗?倒计时三秒吹蜡烛,三、二、一。"顾斯塔低头吹灭了蜡烛，好看的侧脸随之在镜头前露了出来，他垂眸看着眼前的蛋糕再次启唇道，"许芒，祝你生日快乐。"

晚霞不知不觉中默默褪去，在天边的最后一抹暗光背景下只能看到他侧脸的轮廓，可他低磁的声线却字字清晰。许芒不知道怎么描述自己心底看到这一幕时的触动，直到见他抬头直起身子从屏幕里消失后，她才缓神真诚出声："谢谢。"

虽然她接通电话到现在只说了几句话，但顾斯塔还是能敏锐地感受到她话音里掩藏的低沉情绪，他想了想柔声开口道："宁江的冬天是不是很冷？"

"对。"许芒垂着脑袋下意识地循声回答，"今年的冬天太冷了。"

寒风无处不在，将本就凄凉孤寂的世界刮得更加冷酷无情，哪怕家里开着空调也感受不到暖意，不知道为什么，今年的冬天格外难熬。

可是顾斯塔说："我听到你身边有雪融化的声音。

"许芒，冬天马上就过去了，我们会在春天见面的。"

听到这句话的瞬间，许芒忍不住湿了眼眶，满眼满心都是热气。她仰起头看向头顶光秃秃的树枝，天色暗沉一片，但心底却灿然温暖。

他教会她的远远不只是抱树的治愈和向上看的积极，他本身就是她独一无二的力量源泉，总是激励着她勇往直前。

挂断电话后，许芒顺着回忆想起了和顾斯塔在岸边一起过生日那天，有个孩子看到晚霞时说"妈妈是地上的晚霞"。回家这些天来，她一直很困惑的是该怎么理解家庭和爱情，该怎么用自己的理解来宽慰许澜，却忽略了一个重点，对她来说并不需要想明白才能行动，等待只会错过机会，想说的话可以直接说出来。

许芒的生日离过年很近，每次都是他们一家人一起过，今年许志勋离开了只有她们两个，所以家里的氛围难免有些受到影响，她本来还想今天干脆不过生日了，以免许澜想起过往会伤心。

但现在许芒改变想法了，她在家附近的蛋糕店认真挑选了一个蛋糕。

离开时家里安安静静的，没想到回来的时候灯光明亮，许澜已经做好一桌子好吃的菜在等她了。

之前她们考虑着对方的情绪都没说过今天的安排，放任时间静默地流逝着，却还是在最后选择了用各自的方式一起度过这个对她们来说都意义重大的生日。

这是她们第一次坐下来聊起许志勋，许芒将自己对他曾经有过的所有期盼和不解都说了出来，也将自己这段时间慢慢领悟到的想法告诉了许澜，说自己真的已经没有那么在意他了。

许澜眼眶湿润，一个劲地拍着许芒的手说能这样想就好，说自己一直觉得对女儿很亏欠。

因为这个失责的父亲、这个残缺的家庭是由她带给女儿的。

原来比起各自受到的伤痛来说，她们都更在意对方的感受，更担心对方走不出来。现在将心里话说开后才知道，其实他根本算不上什么，真正重要的人一直都守护在彼此身边。

一直以来许澜既是"严父"也是"慈母"，或许在某些时候她会想强硬地"控制"许芒的选择，想将自以为是为女儿好的想法强加到许芒身上，但事实上总是先退一步的人也是她。

许芒抬手擦去了许澜眼角的泪珠，哽咽但坚定地对她说："妈妈，谢谢您带我来到这个世界。"

她用"谢谢"回答了许澜的"对不起"，这句真诚的道谢比任何安慰的话都更能打动人，许澜没忍住在许芒面前尽情哭了出来，母女俩紧紧地抱着对方一起落泪。

那天晚上她们一起将家里关于许志勋的东西全部整理出来扔到了楼下的垃圾桶里，真正与他做了一个了结。

第一次度过只有她和许澜两个人的年也没有想象中那么悲伤，或者说是因为她们都慢慢接受了这份空缺和离别。

许芒还意外地接到了张荔枝的电话，没想到张荔枝会特意打电话亲口对她说新年快乐。许芒心底一阵感动，也笑着祝张荔枝新年快乐学习顺利，祝她永远保持奇思妙想。

张荔枝开心地跟许芒分享了很多过年的趣事，许芒认真听着并且积极给予回应，两个人虽然年龄差了很多，但还是能聊到一起去，而且都很喜欢和对方聊天。许芒觉得自己总是能从张荔枝的话里感受到不一样的世界。

聊到最后，她们相互道别即将挂断电话，张荔枝突然出声叫住了她："许老师等等。"

许芒为了跟张荔枝聊天特意回了自己的房间，此时正坐在桌边看着窗户上的雾气，听到女孩激动的声音她宠溺地扬唇笑了，轻声宽慰道："没事，我还在呢。"

电话那边好像有人走过来在放烟花，闹腾腾的十分嘈杂，许芒需要将耳朵贴紧手机才能听清张荔枝说的话，断断续续的，有些模糊不清。

"许老师，我告诉……秘密，顾老师……你。"

"什么？"许芒隐约中好像听到一个"顾老师"，不确定是不是自己听错了。

电话里有一段时间只剩下人群的吵闹声，许芒甚至怀疑张荔枝是不是以为已经挂电话了所以去玩了。

就在许芒打算出声最后说一声"拜拜"时，电话那头的背景音变小了一些，随之响起的是张荔枝清脆的嗓音，她几乎是用喊出来的："我说——

"顾老师喜欢你！"

话音落下的瞬间，许芒听到电话那边刚好传来烟花炸开的响声，此刻待在房间里的她仿佛也能看见天空上绚丽的烟火，盛大而耀眼，照亮了半边黑夜。

张荔枝的这句话像一把神奇的钥匙，许芒将它存放在心，放下也不是，拿起也不是。她好奇过这把钥匙能打开怎样的门，也犹豫着不知道该怎么打开这扇门。

　　大树和量子力学陪许芒度过了那个冬天，顾斯塔说自学时遇到不会的问题可以问他，所以他们在网上也有联系，不仅局限于答疑解惑，平时也会聊聊各自的近况。

　　看着窗外一点点消融的冰雪，她总会想起顾斯塔说"我们会在春天见面的"，每次想起心底都会泛起痒意，像春天树木发芽，一些念头变得越来越深刻。

　　许芒就是在这时决定要向顾斯塔告白的，她已经学会了怎么接受不尽如人意的离别，也认为他们之间算是有些了解对方了，在这份关系彻底变成朋友之前，她想坦诚地说出自己的心意。

　　至于该怎么表白，许芒花了很长的时间思考，最后决定跟之前他们一起看书时那样，在《量子力学》的书里夹一张卡片给他。

　　她认真地打印了两张图片，剪下来贴在卡片上，一张图是《喜羊羊与灰太狼》里灰太狼喊着经典台词"我一定会回来的"，另一张是《欢天喜地七仙女》的剧照，最后写了一句话：你猜这是什么诗。

　　这张看起来很奇怪的卡片被许芒反复夹进书里又拿出来，斟酌再三还是决定就用这种方式表白。不知道为什么，她莫名地觉得他一定能看懂。

春天跟新学期一起来临，许芒挑了一个周末找顾斯塔还书，他刚好在图书馆看书。两个人在图书馆门口碰面，在这里他曾对她说过得偿所愿，也说过希望她能做自己想做的事。被勾起的回忆赋予了这个场景更多意义，他们静静地四目相对着。

尽管已经在脑海里演练多次，可真正把书递给他的时候许芒还是很紧张，她握紧双拳鼓起勇气跟他说了句："书里有张卡片，上面是我想对你说的话。"

有勇气但不多，说完许芒先转身离开了。迎面吹来的风也散不去她脸上的热气，她的步伐不自觉加快，火速逃离了他的视线。

顾斯塔没有直接转身回图书馆，而是站在原地目送女生的背影消失之后才翻开了书。他小心地拿出了夹在里面的卡片，双眸认真专注。

人来人往的图书馆门口只有他一个人停滞不动，任风将他手里翻开的书页吹得纷乱也丝毫没管。顾斯塔一眨不眨地垂眸看着自己紧握着的那张卡片。

许芒一路小跑到了树边，没过多久就接到了顾斯塔的电话，她深呼吸了一下才将手机拿到耳边。

"许芒。"他低磁熟悉的嗓音清晰地传入她耳里，只是叫了一声她的名字就足以让许芒的心高高悬起，忐忑地跳动着，一下又一下。

"答案是藏头诗吗？"顾斯塔的话音偏轻，有些不确定地问道。

卡片上的关键词组在一起正好是——

我一定会回来的，

喜羊羊与灰太狼。

欢天喜地七仙女，

你猜这是什么诗。

"对。"许芒应声，尽量稳住自己的声线，认真诚挚地将早已准备好的话说出口，"顾斯塔，我喜欢你。

"高一下学期我就注意到你了，那时候我有一篇作文被很多人说我的字不好看应该练字，但我在无意中听到你说我不需要因为别人改变自己。

"这句话给了我很大的安慰和启发。你优秀毕业生的演讲也影响了我很多，还有你的学习笔记也陪伴我度过了复读中最艰难的日子。

"感谢你一直以来对我的积极影响，我真的很感谢，也很喜欢你。"

她本来还打算说些什么，但顾斯塔及时抓住了她停顿的间隙出声问："许芒，你现在在哪里？"

"嗯？"一口气说了太多话的她没反应过来，顿了会儿才回答，"我在图书馆旁边的大树下。"

"等我。"他说。

电话里有风呼啸而过的声音，还有衣服摩擦时发出的簌簌声，顾斯塔好像突然跑了起来。许芒似有预兆地抬起头，远处熟悉的身影正向她而来，他就这样离她越来越近。

高中跑操时候她曾看过无数次他奔跑的背影，规律坚定的步伐、随动作扬起的碎发、被风灌得鼓起的校服……

而此时，他像穿过那些不为人知的青葱岁月，如此清晰真实地一步一步奔向她。

顾斯塔跑到许芒面前停下，将手里的《量子力学》递给了她，微喘着气说："你翻开看看。"

头顶的阳光穿过树叶落下斑驳的光影，在她写的纸片后面是他隽永俊逸的字迹：

> 量子力学第 77 页注释里将物理学家 Mandelstam 译为"芒德斯塔"，我很喜欢这个译名，因为你喜欢诗人 Mandelstam（曼德尔施塔姆），我喜欢你。

许芒的视线随着卡片上的字看向书的页码，正好是第 77 页，底部的注释里"芒德斯塔"四个字下面有他用笔画下的横线。

"在你不知道的角落里，是我先喜欢你。"顾斯塔的嗓音在她头顶响起，每个字都认真坚定。

　　在背后支持她的话、掰开的半块橡皮、物理课上的对视、特意抽中她的学习笔记本、开学报到的偶遇、阅读社的纳新、写下的"Mandelstam"……

　　明晃晃的光斑正好落在书页底部的"芒德斯塔"上，耀眼又醒目，就像张荔枝过年时脆声告诉她的那个秘密一样，她终于握着钥匙打开了他们之间的那扇门。

　　门的背后是她不敢奢望的答案。她一直觉得能在青春时代遇到一个喜欢的人就足够幸运了，更何况她从这份感情里学到了太多太多。喜欢的人也喜欢自己这件事的概率有多小呢？小到她每次想起都会立马清醒理智地打消这个念头。

　　但她忘了，小概率的事件曾一次又一次降临在自己身上。

　　许芒好像现在才明白顾斯塔曾说过的那句"上帝不会掷骰子"是什么意思，爱因斯坦用这句话表示世界是确定可知的，所以这些幸运与巧合其实都是顾斯塔有意创造的。

　　意识到这一点的许芒，忽然觉得鼻头微酸，她从来没有想过在自己默默暗恋着顾斯塔的同时，他也在悄悄向她靠近，没想过自己能遇到那么沉默无闻的真心。

　　"我本来以为你会拒绝我的，"许芒松开紧绷的肩头，忍不住有些哽咽地说，"所以我特意站在树边，等被拒绝后可以抱树。"

"我永远不会拒绝你的。"顾斯塔漂亮的双眸里跟她一样含着泪光，他扬起笑容向她张开手臂，"我们要不要拥抱一下？"

这份感情多么来之不易，深深隐藏在两个人的青春里，他们沉默内敛，他们相互保密，他们在彼此不知道的身后一直毫无保留地暗恋着彼此。

许芒抬手与他相拥，落入一个真实的怀抱。

是她的韶华，也是他的春光。

顾斯塔收紧手把许芒抱在怀里，垂头将脑袋搭在她肩上轻声说："我一直在。"

树永远都在，我也一直都在。

他们在那棵熟悉的大树下拥抱了很久，静静地听着彼此的心跳声，用双手感受着对方的真实性，最后有些害羞地相视一笑松开了手。

顾斯塔垂眸尽情望着她澄澈透亮的双眸，阳光轻柔地洒在她好看的脸上，他伸手替她挡住了晃眼的光亮。

许芒借由着顾斯塔手投下的阴影才能继续抬眸跟他对视，感受着他的细心照顾，她唇角的弧度更深了些。

春日的一切都是那么温暖珍贵，此时的画面让许芒不由得想起了上次他打视频电话给自己过生日的事。她一直很好奇，问："你怎么知道我的生日是那天？"

她从小过的就是农历的生日，所以每年的日期都不一样，只有家里人会记得，那天是她第一次收到除家人外的生日祝福。

"是张荔枝告诉我的。"顾斯塔如实回答。

记忆里，张荔枝确实有一天突然问她生日是哪一天。许芒后知后觉道："原来是你让她问的吗？"

"嗯。"他低声回应，耳根泛起热意。

时间线被拉回顾斯塔请求许芒帮忙跟王连超聊一聊的那天，他们互相换了座位，顾斯塔刚在张荔枝身边坐下，就感觉到张荔枝直勾勾望过来的视线，带着打量与审视，仿佛能把他看穿一样。

他一时间也不知道该先说些什么，只好动作生硬地拿出辅导资料翻看准备，果然下一秒就听到身边的女孩压低声音说："顾老师，我有个问题想问你。"

闻声，顾斯塔配合着躬身靠近张荔枝，张荔枝露出狡黠的笑容用气音问："顾老师，你是不是喜欢许老师呀？"

明明是个疑问句却是用肯定的语气说的，她笑着补充道："我经常看到你往我们这边看许老师。"

几乎是瞬间就红了脸，顾斯塔急忙伸手在唇前做了个嘘声的姿势，不自觉将身子侧了些挡住许芒他们那边可能会看过来的视线。他顶着女孩炙热的目光点头肯定了答案，然后及时出声道："这是个秘密噢，能不能拜托你帮我保密？"

张荔枝没回答，只是伸手捂住了自己的嘴巴掩饰笑意，感受到他的诚挚后，才松开手启唇道："还有什么是我可以帮到你的吗？"

明白她的意思是不一定能保密但可以帮他一个忙，顾斯塔没有犹豫直接提出了自己的请求："你可以帮我问一下许老师的生日吗？"

"小问题，包在我身上。"张荔枝肯定地答应了，在下周就帮他问到了答案。顾斯塔为了感谢她特意给他们都买了奶茶，许芒和王连超当时还不知道他为什么突然请客，只有张荔枝了然地举起奶茶和他对视着笑了。

想到这里，顾斯塔忍不住想问此时站在自己面前的许芒："张荔枝告诉你那个秘密了吗？"

许芒扬起单纯无害的笑故意假装疑惑："什么秘密？"

"你刚刚已经知道了。"他有些不好意思地垂下眼睫避开她明亮的视线。

没想到顾斯塔是个那么容易害羞的人，许芒不自觉地伸手牵住他的手，自然地晃了晃以示自己的"好奇"。

顾斯塔低垂下脑袋看向她牵着自己的手，默默弯起唇角张开手指与她十指相扣，两只手的温度融合在一起，指尖都是彼此的温度。

她的手指酥麻地微蜷，他在反客为主的这时躬身靠近她，他们就这样近距离对视着呼吸交织，再然后顾斯塔一点又一点向她靠得更近，她屏住呼吸呆呆地望着他的双眸。

顾斯塔脖颈上的喉结滚了滚，最后他克制着偏头凑到她的耳边，用只有他们两个听得到的声音柔声说道："我喜欢你。"

他认真地对她说："这就是我的秘密。"

许芒轻轻踮起脚跟顾斯塔一样在他耳边启唇道："这也是我的秘密。"

"嗯？"他压住想要上翘的唇角，装作不经意地疑惑出声。

不管说多少次都还是想再次从对方口中听到，许芒笑着将"我喜欢你"说了一遍又一遍，顾斯塔抬手摸了摸她的脑袋："我也喜欢你。"

大树下，他们久久望着对方，《量子力学》书里夹着那张珍贵的卡片被放在一旁的长椅上，阳光随着翻飞的树叶一起跃动，一如她曾经比喻过的阳光雪那样浪漫美好。

他们在一起没多久后，许芒收到万明辉的消息约她一起吃饭，她提前问过两个人都同意后才介绍他们见面，三个人一起吃了一顿饭。

饭桌上，许芒先向顾斯塔介绍了万明辉："这位是和我从小一起长大的哥哥。"

然后她才郑重地向万明辉介绍道："他的名字叫顾斯塔，是我喜欢了很久的人。"

坐在两人对面的万明辉打趣道："怎么不多介绍一点，比如因为小顾而喜欢上了自己以前很头疼的物理，而且还努力复读考上了临大物理系……"

话还没说完就被许芒桌底下的脚踢了一下，万明辉没再继续逗她，忍俊不禁地闭上了嘴。

反倒是顾斯塔的神情变得更认真了些，看向身边人的视线也频繁了不少，控制不住地追寻着她的目光与她对视。

一顿饭吃下来，万明辉只觉得自己被塞了一堆"狗粮"，虽然他们什么特别的举动都没做，但光是看着两个人的对视他就觉得足够了。他们望向对方的双眸未免也太真诚了一点，仿佛一个眼神就能读懂对方，他能深切感受到两个人之间的契合。

以及他从来没有看过许芒脸上的笑容能保持那么久，不知不觉中让他也扬起了唇角。万明辉满意地望着他们说："以后有小顾陪着你，我放心了。"

吃完饭，万明辉特意说自己还要去逛一圈，跟他们在饭店门口分别，把剩下的时间留给他们。

吹着晚风并肩走在路上时，顾斯塔坦诚地跟许芒说："其实我之前有误会过你喜欢的人是他。

"感觉你们关系很熟，所以有些在意。"他不自在地摸着后颈，现在才知道是误会。

她都不知道原来他默默在意过这件事，说："那段时间我父母离婚了，他就比较照顾我一点。"

很快就能大概对上她去年状态不太好的时间段，顾斯塔顿了会儿才心疼地问："你现在好点了吗？"

听出他话里的关心，许芒笑着伸手牵住他的手，仰头迎上他望向自己的双眸，用他曾经告诉自己的话回答道："冬天已经过去了，我们也在春天见面了。"

不管发生什么，时间总是会往前推进，春天一定会来的。

他们是在学校附近吃的饭，所以没过多久就走到了校门口。由于进出这个校门的车辆比较多，学校建了一个天桥方便人们安全通行，男女宿舍刚好在天桥的两边。

他们走上天桥后，顾斯塔本想先送许芒回宿舍，但她指了指不远处的建筑示意自己的宿舍离得很近："我待会儿下天桥就到了，你先回去吧。"

顾斯塔听从许芒的话乖乖点头，跟她道别后有些不舍地先走了。

夜色初浓，头顶上一眼望不见边际的夜空中点缀着些许碎星，一切都静悄悄的。

许芒站在天桥上的栏杆旁目送顾斯塔远去，顾斯塔走下天桥后停下脚步转身仰头看她。

注意到他的回眸，许芒笑着抬手跟他挥了挥手作别，放下手时手臂轻撞到栏杆上，感觉好像有什么东西落到地上了，她下意识地蹲下身子低头去找。

袖子随着动作散开，许芒这才发现刚才不小心碰掉的是自己的袖扣。还没在地上找到东西就听到远处传来一阵由远及近的脚步声，她循声抬头看过去，没想到是顾斯塔折返跑回来了。

他刚才发现她突然蹲下后想都没想一路重新跑回天桥上，快步走到她身边问："什么东西丢了吗？"

这一瞬间，许芒忽然想起了高三顾斯塔返校宣讲离开时的场景，那时候她也是站在栏杆边悄悄地目送他走远，发现他回头后她本能地蹲下躲藏在栏杆后，林景恺看到她的动作后也问了同样的问题。

眼前的画面与回忆重叠在一起，这一次她没有再错过。

许芒站起身，抬手紧紧抱住了身前担心着她的顾斯塔，眼角的湿润带着温暖。她一字一句郑重而珍惜地说："最重要的东西我已经找回来了。"

你的回眸，你的背影，我全都找回来了。

被她的拥抱所触动，顾斯塔也第一时间抬起手将她环抱进自己怀里，轻轻拍着她的后背柔声说："我一直在。"

许芒曾经下意识躲藏起来的爱意在此刻真正圆满了，因为哪怕不知道发生了什么，但顾斯塔说的话正好就是答案，他说他一直在，再没有什么言语能比这句话更圆满了。

最后是顾斯塔耐心地躬身找到了她掉落的袖扣。

因为今天带他跟万明辉见面也算是"见家人"，许芒特意穿了件法式衬衫，挑了个银色的鲸尾式袖扣搭配。小巧精致的袖扣在他掌心显得更小了些，他认真道："我可以帮你戴吗？"

"好。"许芒点头将自己的手抬到顾斯塔身前。

他神情专注，动作小心地将她的翻边袖口聚拢对齐，像戴戒指那样虔诚认真地将袖扣穿进孔里，骨节分明的手指微屈轻松地将袖扣的鲸鱼尾扣上了。

天桥两边的路灯明亮，白色的光笼罩着彼此，顾斯塔抬眼望进她泛着水光晶莹的眸中，他忍不住抬起手用拇指轻柔地蹭了蹭她的眼角，指尖的湿润让他心疼："我还是想送你。"

这次许芒没有再拒绝他，她扬起唇角点头。两个人刚才戴袖口时搭在一起的手自然地牵在一起，相依偎着下了天桥。

夜色温柔，他紧紧牵着她的手。

就像那晚一起散步回学校一样，许芒和顾斯塔这两个平时习惯独处的人在一起后最常做的事是散步，看到什么或者想起什么都会心意相通地聊上几句，虽然好像很多时候是安静地并肩走着，可他们并不会觉得沉默是"不自在"的。

或许在其他人看来他们一点也不像情侣，可仔细观察的话还是能看出他们之间的熟悉。

像是近距离走路时相碰也不会移开的手臂，有车快速驶过时第一时间牵起对方的手把人带到自己身边，以及每次分别时总会给对方的一个拥抱。

顾斯塔说，拥抱和抱树是相似的，都能给人带来治愈与力量。许芒觉得他说得对，因为她每次都能从他的怀抱里感受到温暖，像冬日初阳，也像古屋壁炉，暖和、轻柔、安全感满满。

他们的关系就像诗集《在水中热爱火焰》里的一句诗——

你周围的一切都是你，

但当你停止歌唱，

所有的寂静都是我。

爱情没有困住他们让空间变窄，而是再自然不过地融入生活中的一部分，变成彼此的一部分。

你还是你，我还是我。

你我依然在歌唱，在沉默。但在你我之外，多了我们。

那天他们照常一起吃完晚饭后散步，沿路走到了图书馆门口。傍晚的风温柔，风吹树叶的簌簌声舒缓，晚霞平淡柔和。

大树直挺地立在草坪之中，枝繁叶茂，遮住已经暗去的半边晚霞。

许芒不由得想起顾斯塔带她一起环抱这棵大树时的场景，也想起了他们在树下向对方坦诚的心意，想起树叶切割下斑驳阳光照耀着书页上的"芒德斯塔"……

像是知道她放缓的脚步里包含着怎样的回忆，顾斯塔也放慢了步伐，伸手牵住她的手带她在树下的长椅坐下。

无须语言就能读懂对方，静默不会造成距离，反而能让他们更理解彼此，更沉浸地感受彼此。

两个人坐在长椅上一起看向天边渐渐褪去的晚霞，一切都安静而美好。

先说话的人是顾斯塔，他低磁的嗓音像晚风一样舒徐："你知道路灯什么时候会亮吗？"

顺着他的视线看向图书馆门前大道两侧的路灯，许芒老实地摇头："没注意过。"

顾斯塔抬手看了眼腕表，耐心地在心底数着拍子，在某个时候突然侧头告诉她："你现在倒数三秒。"

视线停在远处的路灯上，许芒被他的话勾起了期待，循声认真倒数："三，二——

"一。"

话音落时，灯并没有亮起，但身边的人却倾身凑了过来，他们的呼吸就这样交织着融入晚风。

唇相碰的瞬间，远处的路灯全部亮了起来。

一切都刚刚好。

许芒感受着唇上蜻蜓点水的轻柔触感，眸底是远处亮起的路灯，还有他近在咫尺的漂亮面孔。

顾斯塔总是能在不经意间创造浪漫，让她的指尖发痒，心脏不受控制地乱了节奏。

两个人对视，又都笑了，依然是一言不发的，许芒笑着抬手环上他的脖颈，仰头继续刚才的吻。

浅尝辄止的瞬间被延续下去。

顾斯塔的喉结不自觉地滚动，他也伸手捧住了她的脸，纤细的手指扫过她敏感的耳尖。

呼吸缠绵着，不断深入的同时，他轻柔地捂住了她的双耳，风声褪去，吹动的树叶声也变得遥远，整个世界只剩下他们的声音。她又想起了安德拉德诗集里的一句诗，那是由他选的、他们第一次一起看的诗集。

你默默无言，

光在你的唇间燃烧，

而爱情没有旁观，

爱情总是在黑暗中寻觅摸索。

他们闭眼亲吻着，爱情肆意地在黑暗中燃烧。

那一刻，暗恋成真。

每一刻，爱情是真。

尽情亲吻，肆意相爱，他们额头相抵轻喘着气，没说一句话，但唇角都是笑容。

　　天边的晚霞已经完全褪去，远处的路灯星星点点。

　　世界的声音回到耳里，他们在树下紧紧拥抱着彼此。

　　大树永远都在，我也一直在。

Mangde
Sita

第十章

许芒的斯塔

林景恺一直都知道许芒对他一点别的意思都没有，也知道她有一个暗恋很久的人，所以他从来没有向她坦白过自己的心意。

就像她选择暗恋顾斯塔一样，林景恺也想默默坚守自己对她的暗恋。

他清楚地明白自己这份注定没有结果的暗恋总会有终点，唯一放心不下的是走到终点时会很难说服自己放弃，却没想到真正的终点本就是他心甘情愿放下的那一刻。

那是发生在大一寒假返校宣讲时的事，那段时间许芒不知道为什么情绪有些低沉，她不怎么说话，也不想参加任何活动，因此也没有跟他们一起回学校宣讲介绍临大。

没能如愿跟她一起回高中的林景恺兴致缺缺，最后只是挑了个简单的活做，由他分发临大的周边和其他礼物。到学校后负责对接宣讲活动的老师像是想起些什么，突然问他是否需要班级的学号名单。

"礼物不是随机发的吗？拿名单做什么？"林景恺没反应过

来。

"是这样的，上一届发礼物的同学特意找我要过一份学号名单，说是想看一看班里有多少人。"老师笑着解释，"你需要吗？"

林景恺记得很清楚，上一届宣讲活动负责发周边的人是顾斯塔……他明明早就要了名单知道他们班有多少人，但当时还是故意念到 39 号，被同学们提醒后才顺势报了 37 号。

37 号正好是许芒，而顾斯塔给她的也正好是他自己的学习笔记。

林景恺想起了许芒复读最后一学期里每天都会翻开的黑色笔记本，想起他们都曾经觉得是好巧的运气——

原来在他们不知道的背后，这些好运都是由顾斯塔亲手创造的。

林景恺这才真正明白了那天他们一起站在栏杆旁时顾斯塔说的话，不是懦弱或者不负责任，而是从顾斯塔的视角看过去的第一人称是暗恋，所以他说喜欢是一个人的课题。或许他从开始暗恋的那刻起就已经做好这段感情不见天日的准备了。

因为太懂这种感情有多珍贵，所以他说会默默尊重一切。

顾斯塔从来不是他认为的那种冷血无情的人，相反，顾斯塔比任何人都更加坚定无闻。甚至没有人知道顾斯塔是从什么时候开始的，他对这份感情珍惜克制到连暗恋着他的她都没有发现丝毫迹象。

林景恺根本无法想象顾斯塔是怎么将一份暗恋隐藏得那么深的，这种触动比他发现许芒的暗恋还更加深刻。

返校宣讲结束后大家一起离开教学楼，思绪重重的林景恺忍不住回头看了眼楼上的教室，站在栏杆边吹风聊天的学生中有人注意到他的驻足，笑着挥手跟他热情地打招呼，大声喊着学长再见。

几乎是瞬间就想起了去年这时候突然在走廊栏杆边蹲下的许芒，直到此刻林景恺才后知后觉地意识到当时的她为什么会那样，以及她丢的那件东西，他后来怎么找也找不到，它到底是什么。或者说，他现在终于帮她找到了丢失和错过的那件东西——顾斯塔沉默无闻的暗恋。

一种深深的感慨和无力感袭上心头，林景恺无声地叹了口气，仰头将视线投向夜空。漆黑暗沉的空中只有一轮残月孤寂地悬挂着，他想起了顾斯塔说的月有阴晴圆缺，不是所有的感情都能圆满的，人总得接受残月的存在。

那晚回去后林景恺彻夜未眠，第二天望着微白天际时他终于决定放下了，决定接受残月的存在。他曾以为暗恋总是会不可避免地带来伤害，但事实不是这样的，许芒和顾斯塔收获的一直都是积极的影响。

他让她学会了寻找自我、接受自我，让她拥有了改变的勇气，让她能够坚持不懈地努力向前走去……

他不会让她受伤，因为他也在默默给予她无声的爱意。

因为顾斯塔的情感比他们的都更深刻内敛，更隐秘而不为人知。

2016年4月，高一下学期的第一次月考，那是顾斯塔正式注意到许芒的时刻，她刚好坐在他旁边的位置考试。

早上考的第一门是语文，最后的作文主题是论放弃与坚持。很快匹配到记忆里的相关作文素材，顾斯塔拿到题目直接就开始写了，而旁边的她却在写作文之前停了三分钟左右才动笔。

他不太明白那么"简单"的题目为什么会让她停下来，所以在考试结束后老师收卷子时，他下意识地看了眼她的卷子。

该怎么形容那种意外感呢？与他脑中根深蒂固的想法相反，她的作文题目是"放弃比坚持更需要勇气"。

他第一次知道还能这样想。

监考老师整理好卷子从他们之间离开，被作文题目触动的顾斯塔就这样看清了她的模样。

小巧的鼻梁，坚韧的目光，马尾乖顺地垂在肩头，以及她身上的"同类气息"，跟他一样的沉默内敛。

仅是看了一眼，顾斯塔就想起了自己曾经见过她，在某次跑操时她走在前面的人群里突然回头，他们短暂地对视过。当时他还以为她也是想看"班花"，没想到她很快就移开了视线继续寻找着什么。

阳光下她的目光干净纯粹，没有让他感到丝毫不自在。

上了高中以后，顾斯塔见过太多好奇探究的视线，这是他第一次看到那么简单的双眸，所以他到现在也还记得她的模样，没想到会在考试时再次遇到她。

等她离开后顾斯塔才从座位起身，目光落在她桌角贴着的名字上：许芒。

无意地发现她的作文题目后，他更好奇于她的作文内容，也开始好奇她是怎样的一个人。

这之后，经过二班时顾斯塔都会不经意般看向教室内，她总是习惯坐在位置上，听着大家的话礼貌地点头，手里却在做自己的事。

就像曾经的他一样，尚未找到合适社交方式的他们也会想要融入集体，但始终保留着部分自我。

优秀作文发下来的时候，顾斯塔第一时间认出了许芒的字迹，最先看的也是她的作文。

沉浸在她的文字里，他慢慢地开始意识到了这段时间困住自己的问题是什么，一种深刻的共鸣和顿悟的启发感在阅读后产生。

他也比之前更加觉得她很特别，更想了解她了。

语文老师让他念她的作文。经常在台上发言的他久违地感觉到了紧张，拿着作文纸的双手莫名生硬，他站得笔直，无比认真地一字一句念着她的每个文字。

当听到很多人说她的作文这里不好那里也不好的时候，他不知道该怎么向她表达自己对这篇作文的喜欢，只希望她不会被外界负面的消息影响。不管谁来问他怎么看这篇作文，他回答的都是自己对她作文的肯定，始终坚定地表示她不需要因为外界而改变。

他到现在也还保留着这篇作文，与自己学生时代获得的所有荣誉证书一起珍藏在盒子里。

之后的体育课上，有一帮男生有意针对一位同学，顾斯塔当时站出去了，不得不在篮球场跟他们打球时，他还是放心不下那位同学，他不自觉地往远处看去，将许芒给那位同学递纸的一幕尽收眼底，他们嘲笑他没守住球，他却只在意她的善良和细心。

后面被他们堵在体育室时顾斯塔也知道是许芒在里面帮他，故意弄出声响赶走了那些人。他一直很感谢她站在自己这边，能够让他更坚定地去做自己觉得正确的事。

高一下学期，顾斯塔大多时候在准备物理竞赛，尽管过程枯燥艰难他也一直坚持着，最后顺利拿了一等奖进了省队。

因为知道上次考试许芒考了年级第二，这次考场安排他们的座位肯定会是前后排，所以他在集训前还是参加了月考。

这大概是他们离得最近的一次。想着身后坐着许芒，顾斯塔始终保持后背挺直，坐得端正无比，尽量保持着平稳的呼吸。

听到她跟别人借橡皮擦时，他毫不犹豫地就将自己的橡皮掰开了。但为了避免她发现他的"过分热情"，他没有第一时间转身给她，而是特意卡在考试铃声响起之前迅速回头把橡皮放在了她的桌角。他全程都将自己的视线克制地压低，一点没有跟她对视上。

考完试后顾斯塔收拾好文具先走出教室，经过窗户时还是忍不住最后看了眼她的背影才离开。

集训期间每天做的题越来越多，物理公式和理论变成了完全不加解释只用来背诵和做题的工具，物理实验也都按照竞赛要考的内容机械地应试准备。物理竞赛本质上是比赛，大家参加的目的都是为了拿奖。

那是顾斯塔第一次开始对物理感到无力，不只是难度上，还有这种一味追求分数的模式上。

某天晚上练完物理竞赛的实验后，他没有直接回宿舍休息，而是坐在实验楼背后的大树旁，疲惫地背靠着树闭眼假寐。听到有人路过聊天的声音，顾斯塔忽然想起了之前在学校凉亭边休息时他也曾无意中听到过许芒和她家人的对话，他记得很清楚许芒最后说："我不是在故意跟您对着干，也不是不求上进畏惧失败。我没有放弃自己，只是换了一种选择……"

不由自主地联想起了自己看到许芒作文时脑子里闪过的第一

想法，其实早在那个时候他就已经本能地把"放弃"和"坚持"联系到物理竞赛上了。

一路坚持到现在，他只觉得越来越累，越来越不清楚自己心底真实的想法了。

许芒在那篇作文里引用了曼德尔施塔姆的一句诗：我们本喜欢隐藏真情，我们毫不费力地遗忘。

直到此刻，顾斯塔好像才真正明白这句诗的含义，他从一开始就想过要放弃物理竞赛，但理智和身边的所有人都在告诉他应该坚持下去，所以他一直隐藏压抑着想法，让自己忘记放弃的念头。

在需要顺应某种环境时，这种隐藏和遗忘都是自然而然很轻易就能做到的事。

可他本是因为喜欢物理才参加物理竞赛的，在硬着头皮坚持的这段时间里，他感受不到自己与物理的距离被拉近，却清楚地发现自己的热爱正在被一点点消磨。

或许他能够用那些自己完全不理解但背得下来的公式做对题目，可他却无法从中体验到丝毫快乐，甚至连做对题目后本该有的获得感也没有，有的只是对物理的"亏欠"。

他喜欢的是物理学理论一步步被推导的过程，而不是用自己根本不了解的结论和公式去机械地解题。

"当你有能力得到时，放下才是有力量的。"回到宿舍后顾斯塔在网上看到了这句话，他坐在电脑前对着这一行字看了很久很久，然后伸手从抽屉里拿出了自己特意带来的那篇许芒的作文，从头到尾逐字逐句地再次认真看了一遍，看完他果断地整理行李离开了集训地。

夜晚被毫不犹豫地留在身后，他坚定地走向自己想要的黎明。就像许芒说的一样，这不是放弃自我，而是为了自我的另一种选择。

回到学校时所有人都觉得他"疯"了，物理老师臭骂他一顿后被校长约谈，由于被叫得突然，所以老师临走前只好拜托他帮忙代一节课。

知道是去二班上课时，他淡然平静的神色才有些许变化。他在二班门口站了会儿整理好思绪后握紧双拳走进教室，但还是没克制住视线，他下意识就看向了很久没见的许芒。

很神奇的是，虽然事前并不知道她坐在哪里，可是他一进教室就能准确地找到她。

看到顾斯塔后，二班几乎所有人都在震惊地议论着他，只有她安静地坐着，双眸澄澈干净，不带任何评判，一如他们第一次对视时那样简单纯粹。

讲卷子并没有想象中那么容易，那节课顾斯塔多数时间注意着许芒的反应，判断哪里需要停下来详细讲解，就这样顺利完成了讲题任务。

在她不知道的背后，他一直在心底默默感谢着她。感谢她的作文让他坚定选择，感谢她上课时的帮助，也感谢她便利贴上的字。

她在还橡皮擦给他的时候在他桌上放了一张便利贴，虽然上面只有"谢谢"两个字，但顾斯塔还是在灯光之下细致地捕捉到了那一行隐约留下的笔印。

——"有时候放弃比坚持更需要勇气，而勇敢的人先找到自我。"

所有人都不理解他的放弃，但她理解他，她支持他的选择，她说他是勇敢的人，她先向他提出了"自我"的概念。

顾斯塔小心地把那张便利贴夹在自己最常用的黑色外壳笔记本里，认真保存着她所给予他的无限慰藉与迎接一切的勇气。

高二下学期有学校的二十周年庆典，文艺会演里一班和二班合作了一个诗歌朗诵的节目，每周都会花几节晚自习的时间到操场练习。

庆典前一晚大家穿上服装上台彩排，他们的诗歌与民族团结有关，所以大家穿的都是各个民族的特色服饰，许芒穿的是一条长裙，由于害怕踩到裙角她一直都很小心。

顾斯塔的位置在许芒的后一排，练习走场时他也会垂眸留意她的脚步。

在最后一次彩排退场时，大家都走得比较匆忙，所以许芒也只能加快速度跟上去。

在注意到她踩到裙角时，他第一时间就从她身后伸长手扶住了她的胳膊，走在她后面的人也反应过来了，跟着一起扶住她，他便在确定她没事后默默收回了自己的手。

许芒回头时他避开了她的视线，在自己的位置上站得挺直，仿佛什么都没看到，自己也没有伸手一样。

一切发生得很快，走在许芒后面的人只发现突然有只手扶住许芒，注意力都在跟着伸手上了，也没转头看这个帮忙的人是谁。为避免影响大家退场，他们快速处理好这个小插曲继续往前走了。

反倒是站在顾斯塔身边的人注意到这一幕，将男生担心关切的表情和下意识伸出的手尽收眼底。注意到他的视线还跟着刚才那个女生，那人不由得开口问道："顾神，你认识她？"

听见那人说的话后，不少人循声往那个方向看去。敏锐地感受到大家的八卦和探究，顾斯塔不动声色地移开自己的视线自然地看向别处："你说什么？"

估计只是凑巧往那个女生离开的方向看去，那人收回了自己眺望的目光，本来还以为自己发现了什么重大信息的他讪讪道："没什么没什么。"

虽然那人没肯定，但大伙还是意犹未尽地议论了几句。

比谁都清楚"人言可畏"的顾斯塔在那时候并不能靠近她，

只能默默保护自己的这份心意，不想因为自己而让别人的视线和言语伤害到她。

整个高三，顾斯塔都努力克制着自己，减少了路过二班的频率，在与她有交集时，也尽量不将自己心底特别的反应显露出来。

他们一起上台领奖、在同一间考场考试、在食堂门口擦肩而过、在夜晚回宿舍的路上一前一后……顾斯塔始终将自己想象成地上的影子，能安静无声地出现在她身后就已经足够了，能够依靠她所带给自己的力量不断往前走就已经足够了。

高考之前的最后一场五四晚会，许芒坐在他斜后方的位置，他不自觉坐直身子抬头看节目。

大概是因为分离的日子将近，他偶尔也会忍不住借着跟身边人说话的动作向后悄悄看她几眼，但不知道为什么好几次都差点被她发现。后面他没敢再回头了，始终目视前方。

尽管是这样，听到身后有动静时他还是转头看了过去，许芒站起身握着旗杆底部在跟拿旗杆的人说些什么。

顾斯塔隐约猜到大致发生了什么，但当时的他并不知道她保护的那个人就是他。

高考结束后得知许芒没考好，顾斯塔犹豫思考了很多天，用自己新注册的小号加了她的联系方式，但没有收到回音，这份感情也就这样被继续掩藏在了心底。

后来听说她回去复读了，他主动组织了考上临大的宁江中学校友一起返校宣讲，并且提出可以送临大的周边和学习笔记给高三的学生。

高中时期除了关注自己的成绩，顾斯塔也一直默默留意着许芒的成绩。

看到她考得好时，他比自己考得好还更高兴，看到她没发挥好时，也会根据她的成绩推测是哪科的问题。

其实她每科成绩都很不错，只有物理成绩有些起伏不定，所以他打算将自己的物理笔记送给她，希望或多或少能帮到她一点。

在送之前顾斯塔翻开自己常用的那个黑色外壳物理笔记本，将里面珍存的便利贴拿出来跟她的作文存放在一起。

他仔仔细细地将自己这三年来记录的物理题目看了一遍，耐心地握着笔新添了很多注释和笔记。本子上记录的题目共有1567道，他想把这次高考理综卷子上的物理题也分析记录上去，但不知道以什么题号数字结尾，所以他上网搜了有寓意的四位数，然后认真地多记了六道题，将题号数字凑成"1573"——

网上说，"1573"是"一往情深"的意思。

不懂得该怎么表达的他，希望能这样笨拙而隐秘地将自己的心意送到她的手里，哪怕只有一点特殊的含义。

递本子时的"欢迎报考临大"、五四晚会加油视频里提到的"量子纠缠"、"为你应援打气"和"高考加油"全都是他特意说给她听的。

还有笔记本里夹的卡片也是他有意留下的，上面的联系方式是他专门为她开的小号，只加了她一个人确保自己能认出她的联系。

后来直至等到她加自己，顾斯塔才发现原来高考后他加她好友时输错了一位数字，所以没被通过。

虽然第一次运气不好错过了，但好在他们最后还是顺利加上了联系方式。那天顾斯塔开心了很久，精神满满地把大学里一周的实验报告全部写完了。

他还记得当时许芒联系他后问的问题是他高考那晚离开教室后去做了什么。

其实高考的时候他也很紧张，也会担心自己发挥失常。

第一天考完试，他们班有人漏涂选做题哭了，所以班级里的氛围很喧闹沉闷，除此，还有很多人找他对答案。

他知道当无法改变环境时只能改变自我，所以一个人走到了大操场的树边坐着。

在许芒那张便利贴上看到"自我"这两个字后，他真正意义上开始寻找自我、感受自我，也逐渐明白了人活在世间永恒的话题之一，就是自我。不管发生什么，先感受自我，再继续往前走。

因此，顾斯塔给许芒的回答是他去听自己心底的声音了。那晚他坐在大树旁边静默地感受着自己高考的紧张和担忧，肯定自己的付出和努力，坚定无论结果如何都无悔的信念，重新振作起来全力以赴地面对第二天的考试。

最后他顶着压力顺利考上临大物理系，让一直责怪他放弃物理决赛保送的人再没话说。

当听到许芒成功考上临大时，顾斯塔比自己去年考上临大更加开心，这种感觉跟高中每次看到她成绩进步时一模一样。虽然错位分开了一年的时间，但他还是会为她所获得的成就感到骄傲和开心。

新生开学报到他主动当志愿者去接她、因为在意林景恺的一句"晚上一起吃饭"而临时找她帮忙、引荐她和阅读社的社长认识、在分组卡片上落笔写下"Mandelstam"、在仅她一人可见的小号里分享自己参加的活动……这一切都是他用心计划的巧合，上帝不会掷骰子，他们之间从来就不存在概率学，他所做的一切就是为了能离她更近一些。

既然已经上大学了，既然已经重逢了，他没理由再继续隐藏克制着自己，与她在一起的每分每秒都是之前不曾奢望想象的时刻，都是他一点点从她身后的影子里悄然走上前走到她身边的脚步。

顾斯塔花了很长的时间让他们能够自然地慢慢熟悉起来，打算用"日久生情"的方法找个合适的机会告诉她自己的心意。

途中，他也因为误会她喜欢别人而短暂驻足过，他当时想的是等搞明白她是否真的有喜欢的人以后再告白，却从来没想到最后是她先向他表白的。

猜测卡片上是藏头诗时、得知她的答案是"对"时、听到她说她很早就喜欢他时……顾斯塔只想飞奔到她身边。

他也确实大步而坚定地向她跑去了，将《量子力学》书上自己看到就被触动的、自己最喜欢的"芒德斯塔"展示给她看。

那是上大学后的一节寻常课堂，老师在讲台上讲完量子力学的基本算符后说下节课学习不确定原理。下课铃声响起，大家纷纷走出了教室，顾斯塔坐在原位没动，打算提前预习会儿再离开。

窗外有和煦温柔的微风吹进教室，顾斯塔独自一人坐在空荡明亮的教室里，认真垂眸顺着书页往后看书上的内容。视线跟着某个标注的序号看向页脚的注释，他第一眼就注意到了底部的"芒德斯塔"四个字，那么巧地恰好包含了她和他的名字，他不自觉地用手里的笔在"芒德斯塔"下画了横线做标记。

这个名字是格里菲斯所著《量子力学》中文版教材里翻译的译名，背后的括号里是他的英文名字"Mandelstam"，正好与许芒最喜欢的诗人曼德尔施塔姆同名，他就是在那时起牢牢记住了这个物理学家。

　　量子力学第77页注释里将物理学家Mandelstam译为"芒德斯塔"，我很喜欢这个译名，因为你喜欢诗人Mandelstam（曼德尔施塔姆），我喜欢你。

顾斯塔在打电话询问许芒答案之前就已经将这些话一字一句地写在那张卡片的背后了，哪怕答错了也打算直接向她告白，将自己隐藏的所有爱意都告诉她："在你不知道的角落里，是我先喜欢你。"

　　这句简单的话背后，是我所有的青春——

　　每当我看到物理、看到诗句、看到"芒德斯塔"时都会想起你。

　　每当我面对坚持、面对放弃、面对抉择没有勇气做出决定时，都会想起你。

　　我青春的每个角落里都是你。

　　2019年6月29日，顾斯塔发错给其他人的好友验证信息。

　　ST：宁江中学高2016级一班顾斯塔。

　　虽然因为联系号码弄错了没能通过好友申请，但那些本来想说的话一直留在他的备忘录里，与这些年所有隐秘望向她的视线一样被认真折叠存放在他的青春里。

　　ST：许芒，你好。我是隔壁班的顾斯塔，高一下学期你那篇被印下来的作文给我带来了很多的思考和很大的影响，我一直都想跟你说声谢谢。听说你高考没有发挥好，你应该会感到失落难过，但高考并不能决定什么，不能决定过去，也不能决定未来。你或许并不知道，你已经足够优秀到能给其他人带来积极的影响，我就是其中的一个。我相信这样的你，不管未来在哪都能继续发光，很感谢你能出现在我的青春里，希望我这份迟到但诚挚的感谢，能够让你重拾信心与力量。

这段并不算长的文字是顾斯塔反复斟酌修改后写下的，他其实还有很多很多话都想对她说。

他想告诉她，高考失利并不能否认她的所有付出，每个坚持走完高考的人都一样，大家都努力过、认真过、勇敢过。如果把高考比作一座山，那么经历过高考的所有人都已经成功爬上山顶了，只是每个人登上的山都不同。

或许没能登上想象中的山顶，但是登山途中所遇到的风景都会留存在记忆里，走过的每步路都作数。

不管此刻登上了哪座山，稍作休息后依然要背上行囊继续往前走。而未来的风景和下个山顶的高度都是未知的，并不会被此时的小山峰所限制。

允许一切发生，接受途经的所有风景，只要继续往前走，就一定会走到想去的地方。

顾斯塔不知道的是，尽管许芒并没有收到这条消息，但在之后的复读生活里，她靠自己的一路成长，也真切地领悟到了他的每字每句。

许芒再次遇到高中同学徐倩岚是在临港大学的咖啡店里，她当年高考时也失利了，没能成功考上临大，最后报了临港的其他大学。

"许芒？"徐倩岚先发现她并叫出了她的名字。

毕竟是曾经多次出现在自己日记本里的人，许芒也第一时间认出了徐倩岚，礼貌地起身打招呼道："徐倩岚，好久不见。"

"我来临大是找人的，他还在上课，所以让我在这里等他。"徐倩岚率先解释了自己出现在这里的原因，紧接着才有些感慨地说，"我听说你复读考上临大了，一直没能祝贺你，没想到直接在临大遇到你了。"

她问："我可以先在这里坐会儿吗？"

许芒欣然同意："可以的。"

时隔一年半，再次见面的老同学坐到一起后都忍不住开始回忆起高中。

"那时候咱们不是还一起报过临大的自主招生吗？我记得咱俩的个人陈述写了好久，哈哈哈哈……我当时真的特别想考上临大来着，"徐倩岚提起这个还是很唏嘘，"高考前我们聊天时，我还信誓旦旦地说如果没考上临大我绝对会复读的。"

"我当时说我不会复读的。"许芒也还记得她们那天晚上的对话。

"对。"徐倩岚笑了笑，"没想到最后我没有复读，但是你复读了。"

很多时候命运大概就是这样，不到最后一刻谁都不知道会发生什么，曾经坚定的信念，有时也会自然地在现实面前慢慢地改变。

"说实话，我还挺羡慕你的。"徐倩岚的语气里带了些许克制的遗憾，"你有勇气复读，并且成功考上临大了。"

一样高考失利的她，比谁都明白要下定决心复读有多难，当初如此坚定会复读的她如此纠结，对从没想过复读的许芒来说应该更难。

老实说，知道许芒要复读时她是震惊的，虽然没有表现出来，但她偶尔也会想象许芒的复读生活是怎样的，也会关注许芒复读时的成绩。最后得知许芒成功考上临大后，她为许芒高兴的同时，也很后悔自己没有复读。

后悔自己没能像许芒一样勇敢，遗憾自己如果复读的话，说不定也能考上临大。

人们总是会不自觉美化自己没有选择的那条路，莫名坚定地认为假如自己当初走那条路，现在的一切肯定都会更好。

此刻的徐倩岚就是这样，她非常羡慕许芒，羡慕许芒成功考上了最好的学校，未来一片光明。相比之下自己普通平庸的生活好像哪里都不好，她迫切地想回到从前改变一切。

但是许芒跟她说——

"我也一直很羡慕你。

"高中时期你是我最羡慕的人，你性格开朗、成绩好、勤奋努力、目标明确……有太多数不完的优点，我真的很羡慕你的文学素养和写出来的每篇作文。

"我相信现在的你也依然很优秀。"许芒说。

这些话比什么安慰都有用，徐倩岚被自己现在最羡慕的人告知她也羡慕着自己，拨云见日般，她好像在这个瞬间又重新找回了生活的光亮。

"而且我也很羡慕你在高考后能够选择接受自己的失利，"许芒双眸认真，"我是在复读时才慢慢学会接受自己的，比起考上临大，我复读最大的收获，其实是能够接受自己的失败了。"

第二次高考前许芒才想明白，只要过程认真尽力了，不管结果如何，她都不会再留恋遗憾，她会接受一切，然后继续往前走。结局已经不重要了，因为走过的路不会被忘记。

"如果重来一次，你还会复读吗？"徐倩岚问。

这个问题许芒也问过自己，如果以她现在的状态和思考方式回去重新选择，她或许就不会复读了，而是会在那个时候就积极跟许澜争取选择自己想读的学校和专业。

可是人在每个时刻的选择，其实都是当下的那个自己所能做出的"最好"决定，如果再次回去，她大概还是会重新开始一次，然后努力地一点点寻找自我。

接受自我的意思是也接受自己的过去，不管是闪耀的还是灰暗的，不管是开心的还是失落的，不管是自豪的还是遗憾的，她接受自己过去的所有选择和决定。

许芒沉思片刻后才回答："重来一次，不管是否复读，我都会坚定自己的选择，继续往前走。"

人生没有如果，许芒只想把握好每一个当下，无论发生什么，都相信自己会一直走在路上。

走在路上就好，走得慢或者跑累了没关系，停下来或者往后退也没关系，只要在路上与自我为伴、体验生命就好。

高考不是终点，任何事都不是终点，所以允许一切发生，相信自己就好。

许芒想对 2019 年第一次高考失利，晚上对完答案睡觉时在被窝里偷哭的自己说——

没关系，你已经很棒了。不管选择什么，你都会好好走下去的。

她们聊了没多久，徐倩岚等的人就来了，她跟许芒介绍道："这位是当年我们隔壁一班的冯杨，我们大学联系上后慢慢相处就在一起了。"

冯杨看清徐倩岚旁边的人后总觉得眼熟。许芒还记得冯杨，之前他有和顾斯塔一起返校宣讲，但听到她这样说后，冯杨还是觉得自己在更早之前就见过她了。

想来想去还是没记起来，他们不着急走，所以一起坐着继续闲聊。徐倩岚问："对了，你在这里也是等人吗？"

许芒正打算点头，就注意到了推开咖啡店玻璃门的人，她抬手跟他示意位置。

看到来的人是顾斯塔后，徐倩岚有些惊讶："你们认识？"

"嗯，我们都是物理系的。"许芒简单地解释。

就是在这时，冯杨终于想起来了什么，激动地向走过来的顾斯塔确认道："她就是那年校庆彩排时，你伸手扶住的那个女生，对吧？"

当时他就站在顾斯塔的身边，虽然问了没得到答案，但他总觉得有什么猫腻，因此还是多留意了几眼记住了许芒的样貌。去年返校宣讲的时候冯杨也注意到了她，一时间没想起来，现在看到他们两个在一起后总算想了起来。

"对。"这一次顾斯塔毫不犹豫地回答了，他坦然说道，"那时候我就已经在关注她了。"

"什么？是你先……"徐倩岚突然觉得这个世界有些魔幻。

冯杨得到肯定的答案后露出了然的表情，感慨自己的直觉果然还是很准，但看自己女朋友好像很震惊的样子，他说："让我来跟你解释……"说着他揽上她的肩走了，将空间留给许芒和顾斯塔。

回想起冯杨说的校庆彩排，许芒也有些惊讶地抬眸看向顾斯塔："原来那时候第一个伸手扶住我的人是你。"

被她知道反而有些不太自在，他的耳根泛起热气，表面淡然地点了点头。

发现他耳郭的薄红，许芒忍不住笑了："你知道你每次害羞耳朵都会红吗？"

顾斯塔闻声转过头来和她对视。咖啡店里的音乐舒缓，许芒认真地看着自己眼前漂亮帅气的脸，不管看了多少次还是会陷入他深邃的眸中，仅是对视也会心动。视线中，顾斯塔的唇角慢慢上扬，他一脸宠溺地笑道："你的耳朵也红了。"

放任耳尖热意泛滥与心跳杂乱，许芒笑着问他："你总说是你先注意到我的，那是什么时候？"

"你在人群中回头的时候。"顾斯塔说。

那天阳光很好，你穿着蓝白校服走在前面突然回头，我们短暂地对视上，随后你转回身去，马尾轻飘。

许芒抬手轻抚上顾斯塔泛红的耳根，指尖的凉意与他的温度融合，她认真启唇道："那时候我一定是在回头看你。"

不管相距多远，不管彼此是否知道这份心意，量子纠缠一直存在。

我们对视，我们靠近，我们相爱。

凭着一直以来在诗社参与活动时的热情和认真，许芒在大二的时候成功竞选为诗社的社长。虽然平时变忙了不少，但她还是选择继续留在物理系的阅读社。

"作为诗社的社长，偏文科思维的你为什么会选择物理专业？"阅读社的林晴在一次活动里忍不住问她。

"因为喜欢。"许芒坦率地回答，"我喜欢物理很久了，从暗恋上一个人开始喜欢物理的。"

就像她曾对万明辉说的那样，喜欢上物理她一点也不勉强，这种转变不是出于盲目的喜欢和追捧，而是自然而然开始对物理感兴趣然后真心喜欢上的。在许芒看来，诗歌和物理是宇宙的终极浪漫。

"后来呢？"林晴好奇地问。

后来，她在跟他借的《量子力学》书里夹了一张卡片。

上面贴了《喜羊羊与灰太狼》里灰太狼喊着经典台词"我一定会回来的"场景，旁边还有七仙女的剧照。落款：你猜这是什么诗。

林晴一脸茫然："你确定他能看懂？"

故事里的男主角此时就坐在许芒身边。顾斯塔伸手和许芒十指相握，笑着替她回答："后来我们在一起了。"

没想到平时沉默寡言的人会加入她们的对话，甚至还说了那么令人震惊的消息，林晴有些惊讶地睁大了眼，她都不知道原来他们在一起了，而且是这样在一起的。她消化了一会儿才继续八卦道："可以分享一下你们对于爱情的理解吗？"

听到这个问题后，许芒将脑子里第一个蹦出来的想法说了出来："我理解的爱情可以用电影《宇宙探索编辑部》里唐志军老师在他侄子婚礼上的致辞来概括。"

虽然没有听说过许芒提起的这个电影，但林晴敏锐地发现在一旁认真注视着许芒的顾斯塔默默点了点头。

这部电影是他们获得主题书展的第一名后一起在图书馆电影院看的，许芒凭着记忆大概说了几句："他的致辞是这样说的。如果宇宙是一首诗，那我们每个人都是组成这首诗的文字，我们繁衍不息，我们彼此相爱，于是我们这些文字就变成了一个个句子。"

"当这首诗写得足够长时，总有一天我们可以在这首宇宙之诗里，懂得我们存在的意义。"顾斯塔默契地在她停顿的地方将电影里的致辞补充完整。

"对。"许芒没想到顾斯塔也跟自己一样对这段话印象深刻，忍不住转头跟顾斯塔对视上，在他的肯定中继续往下说，"存在的意义包含很多内容，爱情也是其中的一项。"

当他们谈起爱情，一定不会只谈爱情，还会想起自我与存在。他们将爱情的理解回答为宇宙之诗，回到最开始将他们连接在一起的物理与诗歌。

许芒说她是因为他开始喜欢物理的，顾斯塔其实也一样是因为她喜欢上诗歌的。他从发现她作文里引用了诗句那一刻起，便开始留意诗歌了，路过他们班看到她书桌上的诗集之后，他也买了相同的《曼德尔施塔姆诗选》。

正因为顾斯塔一直都知道许芒最喜欢的诗人是曼德尔施塔姆，所以当他在《量子力学》书上看到相同的英文名"Mandelstam"时，才会下意识地停下来，所以那时候阅读社分组写名字时，他才会毫不犹豫地写下"Mandelstam"。

因为喜欢她，所以喜欢诗歌，所以知道卡片上的答案是藏头诗。

所以故事的结尾是暗恋成真，从来都不仅是她的暗恋成真，也是他的暗恋成真。

他们参加阅读社活动时一起看的第一本书是顾斯塔选的，他很喜欢这本诗集的名字《在水中热爱火焰》，它带着一种不可能的矛盾感，比飞蛾扑火更让人动容，意思是不管这份感情以怎样的方式呈现，都会欣然接受并默默坚守。

在这本诗集里，他最喜欢，并且摘下来和许芒分享过的一句诗是——

　　　　每一串葡萄都会背诵夏季每一天的名字。

每一个暗恋着别人的我们，都会记得他们的每一个背影，你们想想是不是这样，能在对方回眸的时候偶然地得到一次对视的机会。

不管暗恋是否成真，默默看着彼此背影的这份心意都会记得的。

真诚的心意永远是青春里最宝贵的回忆。不仅因暗恋的对象而闪耀，还因怀着暗恋心意的自己而珍贵。

因为我曾那么认真而克制地喜欢过一个人。

Mangde
Sita

番外

如果有假如

许芒高考失利后有很多人劝她复读，大家都说太可惜了，如果复读的话她一定能考上更好的大学。那时候她身边的声音是那么单一，仿佛只有复读才是正确的选择。

　　许芒在大家的劝说中挣扎思考了很久，脑子里的想法多得每天都难以入睡。

　　某天晚上她睡不着，睁开眼望着漆黑一片的房间，忽然想起了高考时自己因为有人漏涂答题卡而受影响不停地回忆卷子最后失眠的那个夜晚，想起了一直以来自己总是在意的考试成绩和排名。

　　她身上的压力和担忧到底是源于自我还是别人？她害怕搞砸到底是自己的人生还是别人所期待的人生？

　　如果是自己的人生，那所谓的成功与失败难道不该由自己界定吗？

　　高考失利就一定是失败吗？考上临大才能算是成功吗？

她在那一刻好像才终于发现，困住她的或许根本不是当下所面临的境遇，而是一直在意着别人眼光的她自己。

如果无法走出别人的期待、无法听见自己的声音，那不管未来遇到什么选择她都一样还是会被困住，会永远疲于游向人们所说的一个个岸上。

因此许芒还是决定相信自己的第一选择，坚持不复读。

她与劝自己复读的母亲争执了一场，最后是许澜先妥协了，但建议她填报师范专业。许芒知道，能让母亲退一步其实很不容易，便乖乖点头同意。

在选择的专业科目上，尽管许澜的意见是让她报语数英，可许芒坚持保留自己的想法："我想报物理师范。"

"为什么？"许澜不理解地皱眉问，初中时女儿学得最艰难的就是物理，当时她托万明辉给女儿补课也没多大效果。

其实选择物理师范的理由很简单，许芒在设想自己如果能成为一名老师时脑中闪出的第一个画面是——

在他们班代课的顾斯塔站在讲台上讲解题目时的场景。

那是她最喜欢的一节物理课，顾斯塔讲题的方式和节奏都刚刚好，拨云见日般将那张卷子里她疑惑的地方一扫而净。

她第一次觉得原来物理并没有她想象中的那么难，哪怕这张卷子做得再糟糕、不会的题再多，只要沉下心来，一定能一点点弄明白，不管遇到什么都会过去的。

也是这节课，让她重新拾起信心，继续坚定自己对物理的喜欢。

所以她想带着对物理的喜欢，做一位像顾斯塔一样拨云见日的物理老师，像他一样坚守自我，保持热爱，将力量与希望传递给更多的人。

没等到女儿说具体的理由，许澜就发现了女儿神情的认真，只好同意了她的决定，双方各退一步相互妥协。

填报志愿时提前对比过历年录取分数与排位，许芒顺利地被临港师范大学的物理师范专业录取了，虽然不是她曾想去的临港大学，但也去到了同一个城市。

直接去读大学的许芒没有认识复读时期遇到的林景恺和宋琳、没有听到顾斯塔的优秀毕业生发言、没有收到顾斯塔返校宣讲时送的物理笔记，也没有看到他留在黑壳笔记本里的联系方式……她和顾斯塔好像彻底变成了平行线，就像她曾经做过的那个无比真实的梦一样，与他就此走散在现实中。

这好像是大多数关系的结局，人们往往并没有那么多勇气和机会能够走向彼此，好不容易鼓起勇气发出的信息也可能会像顾斯塔不小心发错号码，就那样可惜地错过了。

老实说，许芒进入大学后其实并没有特别在意这份情感，也没有想过一定要做些什么去促使这份感情成真，爱情固然是美好的，但生活里没有爱情也可以继续下去。日常琐碎鲜活，总会有其他美好的事物。

　　让她再次真正触碰到自己心底深藏感情的是某次和室友们一起玩真心话大冒险，她玩游戏输后需要抽牌接受惩罚，指尖在牌面上划过，随意选择了一张翻开：请说出你的一段感情经历。

　　看清牌面上的字后，大家激动出声："抽到的是真心话噢！要真实地回答问题。"

　　"对，刚刚我们都回答了的，小芒你也要如实回答。"

　　跟她们活跃的反应不同，许芒仿佛被定住了，垂眸望着自己手里的牌有些出神。

　　原来感情并没有随着时间的流逝而变淡，此刻依然清晰地留存在心底，哪怕只是看到这个问题想起他，她也会忍不住再次心动。

　　意识到自己沉默太久了，她尽力平复着自己杂乱的心跳回答："我有一个暗恋了很久的人。"

　　闻声，宿舍里再次掀起一阵热烈的欢呼声，大家都想知道更多的信息，问题一个接一个。

　　"什么时候喜欢上的？"

　　"他是个怎样的人？"

　　"你们现在怎么样了？有联系吗？"

　　险些被她们的话淹没，许芒等到大家的热情劲过去后才开始一个个回答："我是在高一下学期认识他的，那时候我听到了他无意中说的话，那些话帮助我走出了困境。

"他是个温柔又坚定的人，总是会默默帮助别人，坚定地做自己觉得正确的事。他也很努力很认真，是他们班最早到教室并且最晚离开的人，会认真地对待手里做的每一件事。哪怕我们并不认识，从未说过一句话，但我也被他帮助了很多。"

他在背后说的那些支持她鼓励她的话，帮助她不再深陷比较中；他在篮球场上主动站出来的身影，帮助她鼓起勇气向别人伸出援助之手；他在他们班的代课帮助她走出了那时物理学习的瓶颈；他在考场上递给她的半块橡皮帮助她顺利完成了那场考试……

在她平凡而不起眼的青春里，他帮助过她太多太多，更重要的是他还带给了她无数勇气、希望和力量。

"望着他就会不自觉被他身上的力量所感染。"许芒由衷地说。

至于现在——

"这份情感还是暗恋，我们之间没有联系。"

说到这里，许芒忽然觉得有点可惜。因为她好像比自己以为的还更加喜欢他。真的就这样什么都不做地放任时光将这份心意继续深藏在心底吗？这样的话最后会变成什么样呢？

看到篮球场就会想起他，看到橡皮擦也会想起他，在自己落笔的每个字里也会想起他曾说过的话，她真的要这样等待无声的结局吗？

那天玩完游戏躺在床上，许芒问了自己很多问题，也思考了很多种可能。由真心话打开的感情之盒，她打算用大冒险去应对。

这是游戏之外，她自己给自己设置的大冒险牌面：主动添加顾斯塔为好友。

鼓起勇气走向他并不是为了实现什么，而是想给自己一个答案，哪怕后面没能跟他表白，能将那些深藏于青春的感谢亲口告诉他也算是完成了她的一个心愿。

从高中同学那里问到顾斯塔的联系方式后，她紧张了好一会儿才申请添加他为好友，验证信息是：你好，我是宁江中学高2016级二班许芒。

发完后，许芒又开始担心这样简单的验证信息他会不会通过，毕竟他们在高中是毫无关联、完全不认识的两个人。但这些字已经是她纠结斟酌了很久才打出的，如果几天都没通过的话，她就再修改验证信息重新申请一次。

没想到才过去一个多小时他就通过好友申请了，时不时点亮手机屏幕的许芒第一时间发现了他的通过，心底的紧张瞬间掺入激动，有好多话想跟他说，却不知道第一句应该发什么才合适。

在她犹豫之时，对面先发了一条消息过来。

ST：许芒，你好。我一直想跟你说声谢谢，高中你写的那篇作文给了我很多思考和力量。

不知道为什么看到这条消息的许芒鼻头一酸，她曾以为他根本不认识自己，但顾斯塔说她的作文给他带来过力量，仅是这句话好像就足以给她一个答案了。

她感动了很久才重新找回手指的力气，一个字一个字地认真敲字回复。

芒果芒：其实我也很感谢你，谢谢你高中时帮过我很多。

把消息发过去后，许芒才发现聊天框顶部一直显示着"对方正在输入中"，意识到自己刚才打字时应该也显示了很久这样的提示，她莫名觉得脸有些热。担心自己回复那么慢会不会暴露心意的她，并没有注意到顾斯塔也花了很长的时间打字。

ST：你现在也是在临港读书吗？

芒果芒：对的，我在临港师范大学，读的是物理师范专业。

这次那边回复得很快，好像早有准备一样，顾斯塔发了一张图片过来。

ST：你能帮我看看这个题吗？

收到消息的许芒有点蒙，不由得开始怀疑自己的眼睛，高中物理竞赛进了决赛、现在就读于临大物理系的他，居然在问她物理题目？

好在那个题目她顺利做了出来，虽然很好奇他为什么问她题目，但她没有多问什么，老实地把自己的解题过程发过去了。

顾斯塔回复了一句"谢谢"，说他终于发现自己哪步有问题了，还说以后可以相互交流遇到的物理题。

一切发生得太过自然，许芒来不及多想，自然而然地顺着他的话同意了。

于是，他们就这样通过物理题联系在了一起。许芒平时学习遇到不太理解的题目也会在线上问他，其实这些题目的难度远高于那天他发给她的题，但不管题目多难，他总能梳理好思路给她答疑解惑。

尽管后知后觉地感觉好像有哪里不太对，可许芒依旧没发现背后藏着的是什么。她不需要过于紧张地去思考怎么维系与顾斯塔的关系，因为顾斯塔会主动跟她交流一些物理理论，让他们之间的这份联系变成双向的。

很长一段时间里，他们都在网上自然地聊着天，隔着屏幕好像比在现实中更容易交流，落在聊天框的文字被留存在聊天记录里，成为一段珍贵的回忆。

他们都没有主动提过线下见面，礼貌而克制地在网上先慢慢熟悉对方，或者说是让对方对自己感到熟悉。

真正见面时并不是有意约好的，所以，两个人看到彼此时都有些意外。

那是临港花园社区组织的志愿者活动，面对临港所有的大学招募大学生志愿者陪伴务工家庭的青少年，活动的主要内容是辅导他们的学业。

许芒本身就是师范生，因此想参加这个志愿者活动丰富自己的教学经验，而顾斯塔则是因为一直在参加各种各样的志愿者活动，看到这个活动没有犹豫就直接报名了。

带着资料走进负责人安排的社区活动室时，是顾斯塔先出声叫出了许芒的名字。

听到身后好像有人叫自己，许芒停下脚步回头看去，第一眼就落入了顾斯塔深邃漂亮的眸中。那一刻她忽然想起了他们第一次见面的场景，那时候也是她在人群里回头，视线刚好与他对视上。

那一次是她主动回头看向他的，而这一次是他叫住了她。

许芒从来没有想过顾斯塔不仅记得她的作文，甚至还知道她的样貌，能够在人群中发现她，原来一直都不是只有她认识他。

正当许芒还在心底默默消化着这个不可思议的消息时，顾斯塔已经走到了她的面前。

"你好，我是顾斯塔，我们以前在高中见过面的。"

他的话音没有那么坚定，比起肯定的陈述语气更像是不确定她记不记得他。顾斯塔垂着眼睫认真思考着是否该再补充一句话说明他们在哪里见过，如果要说的话，该说体育课、食堂门口、考场还是领奖台上……

听清他的话后，许芒下意识回答道："我记得你的。"

男生本来垂下的视线重新抬起，许芒一下子对上他明亮的双眸，她沉溺了会儿才不自在地移开眼解释道："在公告栏看过你的照片。"

小插曲过后，她反倒忘了问他为什么记得自己，他们之间的对话也已经聊到下个话题了，聊起为什么会参加这个志愿者活动。

没聊太久，他们就分开了，各自找到自己负责的学生上课，约好待会儿下课再一起走。

许芒转身离开他后，才有机会平复自己的紧张和激动，绷紧的肩头终于松缓了些，没忍住还是装作不经意地回头看了他一眼，不凑巧的是，一回眸就被他抓了个正着。男生好看的脸上扬起唇角朝她笑着，她也一起弯了弯唇角，红着耳根转头快步往前走了。

她的学生早已在座位上乖乖坐着等她了，女孩的名字叫张荔枝。不知道为什么许芒看到张荔枝的第一眼就觉得很亲切熟悉，好像她们以前就认识一样。

虽然张荔枝上课时经常走神不太配合，但在她们敞开心扉聊过几次天之后这种状况变好了很多。

许芒真的很喜欢张荔枝，不仅因为张荔枝是她真正意义上带的第一个学生，还因为她很喜欢张荔枝天马行空的想象力，喜欢张荔枝真诚坦率的表达，喜欢张荔枝对生活中美好时刻的发现与追寻。

张荔枝说晚上在窗边感受到风很舒服时会下楼吹风，说熬夜看到清晨的日出觉得很美，也会直接下楼去看日出……她身上有着太多美好可爱的特质。

参加志愿者活动期间除了认识了这位她很喜欢的学生外，许芒与顾斯塔见面的次数也多了起来。

而且许芒刚好要在临港大学附近的地铁站坐地铁回学校，所以他们每次都会一起走。

他们之间的聊天也从网上延续到了现实中。或许是因为在网上已经聊了很长时间比较了解对方，两个人并肩走在路上的时候一样能找到话题聊天。许芒花了很长的时间接受这种不真实的改变，每次站在他身边，偏头看到他漂亮的侧颜时都有一瞬恍惚。

她暗恋了很久的人此刻就在她身边，他们认识了彼此，甚至还能边走边聊天。

与他相处的每一刻都像一片片小拼图，将这幅名为暗恋的巨型拼图拼凑得更为完整。顾斯塔远比她所了解的还要温柔，这一点是许芒在刚上大学的那个年末深刻意识到的。

期末的时候，许芒得知了自己父母离婚的消息。

大概是因为许志勋常年在外工作，父女间的相处很少，所以许芒一直很在意这个父亲。如今许志勋和许澜毫无预兆地离婚了，许芒好像离本就离自己很远的父亲更远了，再也没有机会读懂他们之间的父女关系。

那阵子，许芒的情绪不受控制地受到了影响，整天无精打采，对什么都提不起兴趣，平时只是机械地忙着复习，给张荔枝上课的时候也没有以往那么有活力。

志愿者活动结束后，她照常跟顾斯塔一起走，他忽然提议道："我们要不要一起去看电影？"

　　思绪迟缓的许芒慢半拍地反应过来他在说什么，还没有回复就听到他继续说："最近有一部关于宇宙和诗歌的电影上映，我记得你说过你喜欢诗，要不要一起去看看这部电影？"

　　光是听到"宇宙"和"诗歌"两个词组合在一起，许芒就已经被深深吸引了。其实就算这部电影的题材不是她感兴趣的，她也会答应的，只要是他邀请的，她都会答应。

　　或许是因为这部电影比较小众，又或许是因为他们选的场次比较冷，影厅里没有几个人，他们坐在空荡的一排，只有彼此做伴。

　　电影开始，屏幕上显示出片名《宇宙探索编辑部》，故事经过一个个篇章到达尾声，许芒被电影里孙一通用方言念出的诗歌所打动，也被唐志军的探索追寻精神所触动，看到最后忍不住泪流满面。

　　她是看到唐志军站在阳光下打算念诗的那一幕开始泪目的。那个镜头特别特别长，明明画面里的阳光是那么温暖明亮，但许芒只觉得心底空落落的想哭。银幕上的唐志军要念的是他写给女儿的一首诗，但他哽咽了很久很久，最后一个字也没有念出来。

　　许芒一直在等，也一直很好奇那首诗是什么，等到镜头切换结束的时候，眼泪止不住地开始往下流。她在那一刻想起的是自己的父亲，他们离婚的事他一句话也没告诉她，或者说在她的成长之中他也很少跟她交流，她一直在等他对自己说些什么，一直纠结于该如何读懂他。

看到电影里唐志军无言的诗歌，她好像才真正释怀。这首诗不念出来好像才是对的，就像她父亲没说的那些话一样，感情到那里后，答案是什么已经不重要了。

许芒不想再去思考父亲是否爱自己、是否认可自己，她知道自己对他的感情是怎样的就可以了。既然已经分别了，那就让一切成为一首无字诗，未来总会在生活里明白这首诗的内容。

坐在她身边的顾斯塔感觉到她的情绪变化，在包里掏出纸巾递给她，就像他曾经在篮球场看到她细心地递纸给被欺负的那个男生时一样，他没有贸然出声安慰些什么，也没有询问她哭泣的理由，只是这样静静地将纸递到她面前。

电影结束后他也没有直接站起来，而是坐在她身边默默等她调整情绪。

许芒接过纸将自己脸上的眼泪擦干。这种安静的陪伴莫名让她感到安心，她很快平复好了心底的悲伤。

两个人一起走出电影院时，顾斯塔走到一棵树边停下问她："你知道抱树吗？"

"嗯？"许芒的声音因为刚哭过显得闷闷的有些沙哑，她不明所以地看向他。

听到她的嗓音后心底的在意更深，顾斯塔克制地移开视线，仰头看着自己身边的大树，说："抱树的意思是拥抱大树。每棵树都有稳定平和的能量，拥抱大树的时候，树会倾听人们的一切心声，接受人们的一切情绪。"

说完，顾斯塔抬起手环抱住了这棵大树，他好像没有特意说什么安慰的话，却实实在在地安慰到了许芒。

她轻轻吸了吸鼻子走近大树，学着他的动作一起抬手抱住了身前的大树，闭上眼认真感受着大树的能量。结实地抱住树干的那一刻，这个世界变得安静了起来。

闭着眼的许芒脑海里浮现起了电影的最后一幕，一切事物都在变得渺小，变成 DNA 链条的一部分，变成宇宙里毫不起眼的一部分。

跟自然和宇宙相比，所有情绪都显得那么渺小，抱着树的许芒感觉到肩上沉重的情绪在一点点变轻。不是她在拥抱大树，更像是树在紧紧拥抱着她，告诉她无论发生什么都没关系的。

耳边是顾斯塔低磁好听的声音，他说："大树一直都在。"

年末的风已经带了些许寒气，那是他们本学期参加的最后一次志愿者活动，后面期末考试完就放假了，两个人的距离好像又将被时间拉远。

想到这里莫名有些失落，许芒不舍地睁开眼看向跟自己一起抱着大树的他，于是就这样落入他一直望向她的眸中。他们隔着树干无声地对视着，心跳声和风声一起入耳。如果大树能听到一切心声的话，那么此刻它应该听到了无数告白。

不知道对视了多久，顾斯塔忽然启唇认真念了声她的名字。

许芒指尖微蜷，淡淡点了下头算作回应。

"许芒，冬天很快就过去了，我们会在春天见面的。"他认真地看着她说。

将眸底泛起的热气压回眼眶，许芒的喉咙被感动堵住，哽咽着没办法应声，只好重重地点了点头。

虽然很想伸手摸她的脑袋抚慰她，但顾斯塔还是忍住了，只是开口道："我一直都在。"

她沉浸在他说的话中，心底一片温暖。

寒假他们依然会在网上聊天，许芒作为师范生下学期需要上台试讲，她的性格比较内向，有些害怕站上讲台，这一点让她担忧了很久，也在聊天时将自己的这个恐惧告诉了顾斯塔。

ST：其实我也害怕站上讲台，高中在你们班代课那次，我在门口紧张了很久才进去的。

芒果芒：你当时是怎么克服的？

ST：因为责任和喜欢。

因为当时他"做了错事"——放弃物理决赛回学校，害得物理老师临时被叫去谈话，不得不替老师代课，带着这份责任必须进去。

还有很重要的一点是因为——他想见她。

担心她问自己"喜欢"是什么意思，顾斯塔紧接着又发了一条消息。

ST：*如果有时间的话可以看看《走出恐惧》，这是我高中最喜欢的一本书。*

无须介绍太多，这本书的名字就是书的内容，许芒没有想过原来看上去完美无瑕、永远是年级第一的顾斯塔也有自己的恐惧和担忧，没想到他最喜欢的书是《走出恐惧》。

虽然没有复读，可这条世界线上的许芒最后还是兜兜转转地以另一个方式从他那里知道了它。

她立刻就下单了这本书，并在寒假里认真地读完了里面的内容。

阅读是一件很治愈的事，在生活里遇到的一切问题，在书里好像都能找到答案，也能让人发现自己一直没注意过的那部分自我。

尽管没能立马就消灭自己对站上讲台的恐惧，但许芒没有之前那么担忧了，比起一定要克服它，她想试着像书里写的那样去感受它，在与它的相处里理解它、接受它，一点点试着将恐惧这种情绪变得不再那么消极。

快要开学时，顾斯塔在线上问了许芒一个关于量子力学的问题，许芒还没学量子力学，但她提前买了教材。

顾斯塔之前问过她的教材版本，知道她买的是格里菲斯著的中文译版，所以让她帮忙看看能量时间不确定性关系在哪页教材上，拜托她看一眼公式后面的注释，他不太记得公式的具体名字了。

她按照他的提示顺着目录翻到具体的章节，一页页顺着往后仔细浏览找到了他要的公式，视线下移到页脚的注释，第一眼看到的就是"芒德斯塔"四个字，里面那么巧地刚好有他们的名字，她的心跳莫名乱了一拍，顿了会儿才拿起手机回复他。

芒果芒：能量时间不确定性关系在第 77 页，注释括号里的名字是 Mandelstam-Tamm 公式。

她没有告诉他 Mandelstam 跟自己最喜欢的诗人曼德尔施塔姆同名，独自珍藏着这个神奇的巧合，就好像冥冥之中他问的名字正好与自己有关一样。

开学后他们还是在志愿者活动中见面了，两个人都选择了继续留在社区做志愿者。

给学生上完课后一起离开，顾斯塔像是无意间想起什么一样随口问道："你在学校参加的诗社怎么样？之前策划的那个活动顺利举行了吗？"

没想到他还记得自己提过的这件小事，感受到来自他的一种无形关心，许芒没压制住自己上翘的唇角，开心地回答："活动策划得很顺利，下周就正式开始啦，希望能多收到一些投稿。"

这场活动是许芒与诗社的社员们一起组织策划的，主要是收集大家想要投稿分享的诗句，被选中的诗句会在学校官网的子页上滚动展示出来。而且他们还收到了学校广播站合作的申请，广播站的节目负责人员也会在每周挑选一些特别的诗句通过广播分享出来。

"一定会顺利的。"顾斯塔说。这句话是祝愿，也是对她的信任。

等到活动开始后，其实还是遇到了一些问题，好在都有惊无险地解决了，许芒也慢慢适应了活动的相关流程和节奏。

站上讲台的试讲课也没有她想象中那么紧张，一切都在朝着好的方向发展，又或者说是因为她自己很喜欢这样充实而快乐的大学生活，所以对于苦乐参半的所有都能够欣然接受。

她偶尔也会想起自己在高考失利后做过的那个真实的梦，梦里的生活是那么枯燥无味，充满压力与窒息。但当她真正踏上这条路后，才发觉现实生活跟梦是不一样的，那时候的她将自己对未来的不安和焦虑全部揉在了梦里，觉得处处都是无可奈何的选择，很难挣脱也很难改变。

可生活真的全然是沉闷而想逃离的吗？困住人们的究竟是当下的境遇还是人们自己呢？

许芒觉得自己走出来了，并不是走出了困境，而是走出了自我设下的围墙。

不是迎合外界的标准去成为更好的自己，而是在越来越理解自我之后去更好地成为自己。

生活就像踩石过河，脚底的石头可能不稳，可能湿滑，偶尔也会不小心踩到水里，但只要踩好脚下的石头，一步一步往前走，总能走过这条河的。

河对面不是上岸，而是轻舟已过万重山。

把目光放在当下，做自己想做的事就足够了。至于未来与过去，那是另外的课题。

刚开学的那个月底，也就是诗社活动开始后的第三周，诗歌分享的投稿由其他几个同学负责，许芒主要负责整理网站上大家的留言和建议。

那是周二的下午，顾斯塔突然发消息问她在不在学校，说如果有时间的话可以听听广播。许芒笑着回复说她每周二都会听广播的，因为今天学校广播会有诗歌分享。

看了眼腕表上的时间，许芒照例收好电脑背着书包起身走到图书馆外的长椅坐下，不远处就有喇叭，学校的广播刚好快到最后的分享环节了。

她静静地坐在长椅上等待，身后是风吹树叶的声音。

这张长椅后面有棵枝繁叶茂的大树，每次当她仰头看着头顶繁密的树叶时，都会想起那晚顾斯塔带着她在电影院附近抱树的场景，从那以后每一棵大树都像一种无声的安慰和力量，光是看着大树也会感觉身边好像有人在陪伴着自己。

耳边的广播声穿过风声变得清晰："今天我们广播站想要分享的这句诗是来自一位昵称为'芒德斯塔'的朋友。"

听到了熟悉的四个字，许芒匹配上了曾经在《量子力学》书上看到的词，她不自觉地向喇叭看去，人也跟着坐直了。

头顶有树叶落下，在空中缓慢飘荡着。

"他想分享的诗句是'我在呼吸银河的碎粒，我在呼吸宇宙的病症'，作者是曼德尔施塔姆。"

广播里的搭档接话道："感觉这句诗的意境真的很美，他为什么想要分享这句诗呢？"

除了昵称很特别外，念出的这句诗也是许芒很喜欢的诗，一切都巧合得不能再巧，她不由得屏息等待着答案。

"每句诗背后都有一个故事，这位朋友想要分享这句诗的理由，也是我从那么多投稿里选中他的原因，他说——

"这句诗里有宇宙也有爱意，我在呼吸的是名为暗恋的宇宙碎粒。量子力学第 77 页注释里将物理学家 Mandelstam 译为'芒德斯塔'，我很喜欢这个译名，因为你喜欢诗人 Mandelstam（曼德尔施塔姆），我喜欢你。"

那一刻，许芒才真正明白顾斯塔为什么突然发消息让她听广播，也意识到了他之前让她帮忙确认公式的名字的真正意图，这一切为的就是留下他隐秘暗恋的线索，让她看到"芒德斯塔"。

广播声在校园的角落轻柔回响着，这场历久弥新的暗恋就这样以一种温柔浪漫的形式表达出来了。

许芒的脑子一时之间有些钝，像是被亿万彩票砸中，恍惚着难以相信。

她暗恋了那么久的人也暗恋着自己，这件事的概率本身就小得不能再小。

包里的振动声将她的思绪拉回现实，看到手机屏幕上显示的名字后，她的心跳变得更加杂乱，声音阵阵入耳。

许芒深呼吸一口气，接通了电话。

顾斯塔的声音清晰而深刻，小心翼翼地试探出声："许芒，你听到我的告白了吗？"

没等她回答，他就继续清嗓认真地往下说着："虽然我们在之前好像从来没有什么交际，但在你不知道的角落，我其实早就已经喜欢上了你。这句简单的话背后是我所有的青春，我一直都想对你说一声谢谢，还有——

"我喜欢你。"

他的话音是那么坚定诚恳，将自己的感情一字一句地亲口告诉她。许芒不停地抬手擦着不断冒出的泪水，原来人在极度感动时，真的会止不住眼泪，她哽咽着缓缓出声："我也喜欢你。"

我曾那么多次在背后悄悄望着你的身影，曾那么多次在与你擦肩而过时屏住呼吸，这些与你有关的时空原来也与我有关，这怎能不让人潜然泪下。

"我们现在要不要见一面？"顾斯塔压住心底的激动，"我在你学校门口。"

许芒站起身向校门口奔去。

顾斯塔看到她一路小跑过来，忍不住向她张开了手臂。

情绪在那一刻到达顶峰，许芒毫不犹豫地拥抱住了先向她伸出手的他。

这一次，顾斯塔终于不用再克制地收回自己想要伸出的手，他将她环抱在怀里，轻柔地抬手抚摸着她的脑袋，将脑袋轻埋在她的肩颈："我一直都在。"

许芒感受到他的依偎，收紧手将他抱得更紧了些。

她在名为暗恋的隧道里走了好久好久，走到终点后才发现，他或许走了比她更长更深的隧道。他们沉默内敛，他们隐秘克制，各自缓慢地走过不为人知的道路，直到暗道两端的洞口终于敞开，天光大亮。

他们在一起没多久后都收到了原高中老师的联系，说要为马上高考的高三生录制高考加油视频，顾斯塔正好趁此机会邀请许芒来临港大学参观。

踏入曾经的"梦校"是件很神奇的事，许芒心底虽然有一点点可惜与羡慕，但更多的还是一种释怀，因为她现在比任何时候都更喜欢当下的生活，临港师范大学一样给她带来很多新奇与快乐的体验。

比起幻想，如果自己在临大读书会是怎样的，她更清楚的是顾斯塔一天的生活，他带她走了他最常走的路，带她去了他平时上课的教室和实验楼，还带她一起吃了食堂里他最喜欢的菜。

"你不是说要我帮你拍高考加油视频吗？"许芒晃了晃他们十指相扣紧牵着的手说。

其实一起逛学校是顾斯塔提议的，昨天许芒先带他在她学校逛了一圈，然后他顺势帮她拍了高考加油视频，今天由她帮他拍。

两个人走到校门口，许芒举着他的手机找好距离和角度。

屏幕里高挑的男生身后是临大的标志，阳光恰如春日最灿烂的时候。

顾斯塔认真地望着许芒，不像是在录视频，而像是在对她说——

"物理学里有个概念叫'量子纠缠'，意思是两颗粒子即使相距很远，但也能相互影响。

"不管我们是否相遇、相知、相爱，我相信量子纠缠一定存在。

"因为我的青春就是最好的答案。"

- 全文完 -